I0823901

CUENTOS DE

EDGAR ALLAN POE

Austral Cuentos

CUENTOS DE

EDGAR ALLAN POE

Traducción
Gabriela Bustelo

Obra editada en colaboración con Editorial Planeta – España

Títulos originales de los cuentos: *The Gold-Bug, The Fall of the House of Usher, The Murders in the Rue Morgue, The Purloined Letter, The Black Cat, The Cask of Amontillado, The Pit and the Pendulum, The Man of the Crowd, The Tell-Tale Heart*

Diseño de la colección: Austral / Área Editorial Grupo Planeta
Ilustración de la portada: © Núria Just

Bajo el sello editorial AUSTRAL M.R.
Avenida Presidente Masarik núm. 111,
Piso 2, Polanco V Sección, Miguel Hidalgo
C.P. 11560, Ciudad de México
www.planetadelibros.com.mx

Primera edición impresa en España en Austral: junio de 2023
ISBN: 978-84-670-7023-1

Primera edición impresa en México en Austral: octubre de 2024
ISBN: 978-607-39-1960-9

Impreso en los talleres de Impresora Tauro, S.A. de C.V.
Av. Año de Juárez 343, Col. Granjas San Antonio,
Iztapalapa, C.P. 09070, Ciudad de México
Impreso y hecho en México / *Printed in Mexico*

ÍNDICE

EL ESCARABAJO DE ORO

¡Qué cosa! ¡Qué cosa! ¡Este hombre está loco de atar!
Le ha picado la Tarántula.

Todo al revés [1]

Hace muchos años trabé una buena amistad con un señor llamado William Legrand. Pertenecía a una rancia familia hugonote y en tiempos había sido rico, pero una serie de infortunios le habían reducido a la miseria. Para evitar la vergüenza consecuente de sus desgracias, abandonó Nueva Orleans, la ciudad de sus antepasados, y se instaló en la isla de Sullivan, cerca de Charleston, en Carolina del Sur.

Esta isla es muy particular. Consiste en poco más que la arena del mar y mide unos cinco kilómetros de largo. Su ancho no excede en ningún punto de un cuarto de kilómetro. Está separada del continente por un arroyo apenas visible que se abre camino entre una maleza de juncos y limo donde suele abundar la gallareta. La vegetación, como era de suponer, es escasa o al menos raquítica. No se ven árboles de cierta magnitud. Cerca del extremo occidental en que se alza el fuerte Moultrie —donde hay unas casetas miserables ocupadas en verano por quienes huyen del polvo y la fiebre de Charles-

---

[1] El epigrama citado por Poe pertenece a la obra *All in the Wrong* de Charles Dibdin. *(N. de la T.)*

ton—, incluso crece el espinoso palmito; pero la isla entera, a excepción de esta punta occidental y una franja de playa de dura arena blanca, está cubierta de una espesa capa del dulce arrayán que tanto aprecian los hortelanos de Inglaterra. El arbusto a menudo alcanza aquí una altura de cinco o seis metros y forma un matorral casi impenetrable que colma el aire con su fragancia.

En los recovecos más profundos de este matorral, no lejos del lado oriental y más aislado de la isla, Legrand se había construido una pequeña cabaña que ocupaba cuando yo, por pura casualidad, le conocí. Pronto floreció la amistad, pues en aquel ermitaño había mucho capaz de inspirar el interés y la estima. Me pareció bien educado, con una inteligencia excepcional, pero afectado por la misantropía y sujeto a unos tremendos cambios de humor que alternaban el entusiasmo y la melancolía. Tenía consigo muchos libros, pero apenas hacía uso de ellos. Sus pasatiempos principales eran cazar y pescar, o pasear por la playa y entre los arrayanes buscando conchas o especímenes entomológicos; su colección de estos últimos habría sido la envidia del mismísimo Swammerdam[2]. En estas excursiones le solía acompañar un viejo negro llamado Júpiter, manumitido antes de que empezaran los reveses de la familia, pero a quien no lograron convencer, con amenazas ni promesas, de que abandonara lo que él consideraba su derecho a seguir los pasos de su joven amo, el *jeñó Will*. No es improbable que los parientes de Legrand, quienes le tenían por algo desequilibrado, se las hubieran arreglado para inculcar esta obstinación en Júpiter, con miras a la supervisión y vigilancia del trotamundos.

Los inviernos en la latitud de la isla de Sullivan no suelen ser muy duros y aun en el otoño del año es todo un acontecimiento que se considere necesario hacer un fuego. Hacia mediados de octubre de 18— tuvo lugar, sin embargo, un día de

---

[2] Jan Swammerdam (1637-1680), naturalista y biólogo holandés, primero en describir los glóbulos rojos sanguíneos y dueño de una de las mejores colecciones de preparaciones microscópicas existentes en la época. *(N. de la T.)*

un frío sorprendente. Poco antes de ponerse el sol me abrí paso entre las ramas de perpetua hasta la cabaña de mi amigo, a quien no había visitado en varias semanas; vivía yo por aquel entonces en Charleston, a quince kilómetros de distancia de la isla, siendo las posibilidades de ir y volver mucho menores que las de hoy en día. Al llegar a la cabaña llamé con los nudillos como tenía por costumbre y al no obtener respuesta busqué la llave donde sabía que estaba escondida, abrí la puerta y entré. Un fuego magnífico ardía en la chimenea. Aquello era una novedad, y en absoluto desagradable. Me quité el abrigo, acerqué un sillón a los troncos encendidos y esperé pacientemente la llegada de mis anfitriones.

Vinieron poco después de anochecer y me saludaron con gran cordialidad. Júpiter, sonriendo de oreja a oreja, iba de aquí para allá preparando unas gallaretas para la cena. Legrand pasaba por uno de sus arrebatos —¿qué otra cosa podría llamarlos?— de entusiasmo. Había encontrado un bivalvo desconocido, que constituía un nuevo género y, más aún, había perseguido y atrapado, con la ayuda de Júpiter, un *scarabaeus*[3] que consideraba un absoluto descubrimiento, pero respecto al cual quería saber mi opinión por la mañana.

—¿Y por qué no esta misma noche? —pregunté frotándome las manos ante las llamas mientras en silencio mandaba toda la tribu de *scarabaei* al diablo.

—Ay, ¡si hubiera sabido que estaba usted aquí! —dijo Legrand—. Pero con el tiempo que hace que no le veo, ¿cómo iba a imaginar que iba a venir de visita esta noche precisamente? De vuelta a casa me he encontrado con el teniente G—, del fuerte, y muy neciamente le he prestado el bicho; así que será imposible que usted lo vea antes de mañana por la mañana. Quédese aquí esta noche y mandaré a Jup a buscarlo al amanecer. Es lo más bonito del mundo.

---

[3] Si en inglés el uso de términos latinos es frecuente, en español resulta forzado. Para evitar la repetición de *scarabaeus,* procede emplear el término científico «escarabeido» derivado del mismo. *(N. de la T.)*

—¿Qué, el amanecer?

—¡Vaya bobada! No, el bicho. Es de color oro brillante, como del tamaño de una nuez de nogal grande, con dos manchas negras como el azabache cerca de un extremo del dorso, y otra, algo más larga, en el otro. Las antenas[4] son...

—No tiene ni una pijca de hoalata, jeñó Will, ya se lo tengo dicho —interrumpió Júpiter—. Eje bicho e un bicho de oro puro, de arriba abajo, por dentro y todo, meno la ala. En la vida he vijto un bicho que peje ni la mitad que éje.

—Pues creo que es verdad, Jup —contestó Legrand con mayor seriedad, a mi entender, de la que el caso requería—. Pero ¿es motivo para que dejes que se quemen esos pájaros? El color —aquí se volvió hacia mí— casi basta para respaldar la idea de Júpiter. Nunca se ha visto un brillo metálico tan lustroso como el que emiten los élitros, pero esto no lo podrá usted comprobar hasta mañana. De momento, puedo darle una idea de su forma.

Mientras decía esto se sentó ante una mesilla donde había pluma y tinta, pero no papel. Buscó en un cajón, pero no encontró.

—No importa —dijo al fin—. Esto servirá.

Y sacó del bolsillo del chaleco un pedazo de lo que me pareció un pliego muy sucio, y dibujó en él un tosco esbozo con la pluma. Mientras lo hacía yo conservé mi asiento junto al fuego, ya que seguía notando el frío. Una vez estuvo terminado el dibujo, me lo pasó sin levantarse. Acababa de recibirlo cuando se oyó un fuerte rugido, seguido de unos arañazos en la puerta. Júpiter la abrió y entró apresuradamente un enorme

---

[4] En las traducciones de este cuento se suele mantener erróneamente la palabra *antennae* original, en latín, debido a que Poe la escribió en cursiva. En inglés, idioma que conserva un enorme número de palabras latinas, el plural de «antenna» (antena) es «antennae», así que lo correcto es traducirlo simplemente por «antenas». Por otra parte, Júpiter confunde la segunda sílaba de «antennae» con «tin», estaño u hojalata, juego de palabras que se pierde forzosamente en la traducción que, por cierto, pretende ser un remedo del acento sureño característico de los estados meridionales del país. *(N. de la T.)*

terranova, perteneciente a Legrand, que me saltó a los hombros y me cubrió de caricias, pues yo le había hecho mucho caso en anteriores visitas. Una vez terminados sus brincos miré el papel, y, a decir verdad, me quedé no poco asombrado ante lo que mi amigo había retratado.

—¡Vaya! —dije tras contemplarlo durante unos minutos—. Pues sí que es un escarabeido extraño, debo confesarlo. Me es desconocido, nunca he visto nada igual, a no ser que se trate de un cráneo, o una calavera, a la que se asemeja más que nada que yo haya podido ver.

—¡Una calavera! —repitió Legrand—. Ah, sí, bueno, sobre el papel tiene un cierto parecido, sin duda. Las dos manchas negras superiores son como ojos, ¿verdad?, y la larga de abajo como una boca, y, además, la forma general es ovalada.

—Puede ser —dije yo—, pero, Legrand, me temo que usted no sea precisamente un artista. Debo esperar a ver el escarabajo auténtico, para poder hacerme una idea de su aspecto.

—Pues no sé —dijo él, algo molesto—. Dibujo medianamente bien, o al menos debería; he tenido buenos maestros, y no me estimo un perfecto zoquete.

—Pero, mi querido amigo, entonces está usted de broma —dije yo—. Éste es un cráneo muy pasable; de hecho, diría que es un cráneo verdaderamente excelente, conforme a la noción vulgar de dichas piezas anatómicas, y su escarabeido debe de ser el escarabeido más raro del mundo si se le parece. Mire, si hasta podemos dar lugar a una superstición llena de misterio a partir de este detalle. Me imagino que usted llamará al bicho *scarabaeus caput hominis,* o algo por el estilo; hay muchas denominaciones semejantes en los libros de Historia Natural. Pero, ¿dónde están las antenas de que hablaba usted?

—¡Las antenas! —dijo Legrand, que parecía estarse acalorando inexplicablemente al tratar el asunto—. Sin duda tiene que poder ver las antenas. Las he dibujado tan nítidas como lo son en el insecto original, y supongo que con eso es suficiente.

—Bueno, bueno —dije—, puede que sí, pero yo no las veo.

Y le di el papel sin más comentarios, para no empeorar su humor, pero estaba muy sorprendido con el cariz que habían tomado los acontecimientos. El mal genio de Legrand me desconcertaba y, en cuanto al dibujo del escarabajo, claramente no había ninguna antena visible y el conjunto sí tenía una semejanza verdaderamente enorme con los rasgos corrientes de una calavera.

Legrand aceptó el papel de muy mala gana, y estaba a punto de arrugarlo, sin duda con intención de arrojarlo al fuego, cuando un vistazo fortuito al boceto pareció captar de golpe su atención. En un instante la cara se le puso muy roja, y al siguiente excesivamente pálida. Pasó unos minutos escudriñando minuciosamente el dibujo sin moverse de donde estaba sentado. Por fin se levantó, cogió un candelabro de la mesa y procedió a sentarse encima de un cofre en el rincón más apartado de la habitación. Allí volvió a hacer un examen ansioso del papel, dándole vueltas en todas direcciones. No dijo nada, sin embargo, y su conducta me dejó verdaderamente atónito, aunque me pareció prudente no exacerbar su creciente mal humor con algún comentario. Poco después sacó del bolsillo de la chaqueta una cartera, guardó el papel dentro cuidadosamente y depositó ambos en un escritorio, que cerró. Entonces fue serenando su conducta; pero su anterior aire de entusiasmo había desaparecido por completo. Mas no parecía estar tan arisco como absorto. Al ir pasando la velada se fue sumiendo cada vez más en su ensimismamiento, del que ninguna de mis ocurrencias logró sacarle. Tenía la intención de pasar la noche en la cabaña, como había hecho en tantas ocasiones anteriores, pero, al ver a mi anfitrión con semejante ánimo, juzgué más apropiado marcharme. Él no insistió para que me quedara, pero, al despedirse, me dio la mano con una cordialidad incluso mayor de la habitual.

Sería en torno a un mes después (intervalo en el que yo no había vuelto a ver a Legrand) cuando recibí una visita en Charleston de su criado, Júpiter. Nunca había visto al buen anciano negro con un aspecto tan abatido, y temí que mi amigo hubiera sufrido algún contratiempo serio.

—Bien, Jup —dije—. ¿Qué sucede ahora? ¿Cómo está tu amo?

—Pue, a dejir verdad, jeñó, no tan bien como podería ejtar.

—¿No? Siento mucho saberlo. ¿Y qué dice tener?

—Ahí ejtá, ejo e lo malo. Nunca je queja de na, pero ejtá muy enfermo, lo diga o no.

—¡Muy enfermo, Júpiter! ¿Por qué no me lo has dicho antes? ¿Tiene que guardar cama?

—¡No, ejo no! No ejtá en ningún lao, ejo e lo que me da mala ejpina. Me tiene muy preocupao el amo Will.

—Júpiter, quisiera entender lo que estás diciendo. Dices que tu amo está enfermo. ¿Él no te ha dicho qué le aflige?

—Mire, jeñó, no jirve de na enfadarje, el jeñó Will dije que no le paja na de na, pero, entonje ¿por qué anda mirando ají y ajá, con la cabeja gacha y lo hombro pa arriba y blanco como la leche? Y va con un chijme siempre...

—¿Va con qué, Júpiter?

—Con un chijme con uno número en una pijarra, lo número má raro que he vijto en mi vida. Le digo que me da hazta miedo. No le puedo quitar lo ojo de encima ni un minuto. El otro día je me ejcapó ante de jalir el jol y pajó fuera tol bendito día. Ya tenía yo un palo grande cortao y lijto para darle una buena tunda al llegar, pero joy tan tonto que no tuve agalla al final, de tan pachucho que parejía.

—¿Eh? ¿Qué? ¡Ah, sí! Visto lo visto, creo que no debes ser demasiado severo con el pobre muchacho. No lo azotes, Júpiter, no tendrá fuerzas para soportarlo. Pero ¿no se te ocurre qué puede haberle ocasionado esta enfermedad, o más bien este cambio de conducta? ¿Ha ocurrido algo desagradable desde la última vez que le vi?

—No, jeñó, no ha pajao nada malo dejde entonje, ej de ante, me temo, del mijmo día que vino ujté.

—¿Cómo? ¿Qué dices?

—Pue, jeñó, e lo del bicho, nada má.

—¿El qué?

—El bicho. Ejtoy jeguro que al jeñó Will le ha picao pol la cabeja eje bicho de oro.

—¿Y qué motivos tienes, Júpiter, para semejante suposición?

—Tiene pincho de jobra, jeñó, y diente también. Jamá he vijto un bicho tan malo, da con la pata y muerde to lo que tiene jerca. El jeñó Will lo cogió el primero, pero tuvo que joltarlo otra vej má que deprija, jabe, entonje jería cuando le picó. Lo que ej a mí, no me gujtaba la pinta la boca del bicho, ni hablá, y no quería cogerlo con lo dedo, pero lo cogí con un trojo papel que encontré. Lo metí dentro el papel y le tapé la boca con un trojo, ají fue.

—¿Y crees, entonces, que a tu amo le picó en efecto el escarabajo y que la picadura le ha hecho enfermar?

—No e que yo lo pienje, jeñó. Lo jé. ¿Por qué iba a joñá tanto con oro jino porque le ha picao el bicho de oro? Yo ya oído hablá de lo bicho de oro ante de aora.

—Pero, ¿cómo sabes que sueña con oro?

—¿Que cómo lo jé? Pue porque habla dormido, por ejo lo jé.

—En fin, Jup, puede que tengas razón; pero ¿a qué afortunada circunstancia debo el honor de tu visita hoy?

—¿Cómo dije, jeñó?

—¿Me traes algún recado del señor Legrand?

—No, jeñó, le traigo ejta píjtola.

Y Júpiter me entregó una nota que decía así:

> Mi querido—:
>
> ¿Por qué hace tanto que no le veo? Espero que no haya cometido la insensatez de ofenderse por alguna pequeña *brusquerie* mía. Pero no; eso es improbable.
>
> Desde la última vez que le vi he tenido sobrados motivos de inquietud. He de decirle algo, pero no sé cómo, y ni siquiera si debería decírselo.
>
> No me he encontrado bien estos últimos días, y el bueno de Jup me incordia hasta más no poder con sus mejores inten-

ciones. ¿Querrá usted creerlo? El otro día tenía preparado un palo enorme para castigarme por escapar y pasar un día a solas en el monte, en tierra firme. Sinceramente creo que sólo mi mal aspecto me libró de una paliza.

No he añadido nada a mi colección desde que nos vimos.

Si de ninguna manera le supone un trastorno, venga usted con Júpiter. Le ruego que venga. Me gustaría verle esta misma noche, por un asunto relevante. Le aseguro que es de la mayor importancia.

Suyo afectísimo,

WILLIAM LEGRAND

Había algo en el tono de esta carta que me llenó de inquietud. Todo su estilo era completamente distinto del de Legrand. ¿Qué andaría soñando? ¿Qué nuevo antojo se había poseído de su inquieto cerebro? ¿Qué «asunto de la mayor importancia» podía traerse entre manos? La descripción que daba Júpiter de él no presagiaba nada bueno. Temí que el incesante peso del infortunio hubiera hecho perder por completo la razón a mi amigo. Sin un atisbo de duda, por tanto, me dispuse a acompañar al negro.

Al llegar al muelle vi una guadaña y tres palas, todas con aspecto nuevo, en el fondo del bote donde íbamos a embarcar.

—¿Qué significa todo esto, Jup? —indagué.

—Ejo, una gudaña y tre pala.

—Muy cierto; pero ¿qué hacen aquí?

—Son la gudaña y la pala que el jeñó Will me manda comprá en la jiudad, y un dinero del demonio que he tenío que pagá por ella.

—Pero, en el nombre de todos los misterios, ¿qué va a hacer tu 'jeñó Will' con las guadañas y palas?

—Ejo e lo que no jé yo, y que me lleve el diablo ji lo jabe él. Pero e to por lo del bicho.

Viendo que ninguna aclaración iba a obtener de Júpiter, cuyo pensamiento parecía totalmente ocupado por «el bicho», me subí al barco y zarpamos. Con una brisa recia y persistente, enseguida entramos en la pequeña cala al norte del fuerte

Moultrie, y un paseo de unos tres kilómetros nos llevó hasta la cabaña. Serían las tres de la tarde cuando llegamos. Legrand nos había estado aguardando lleno de ansiedad. Me tomó la mano con un *empressement* nervioso que me preocupó y aumentó las sospechas previas. Tenía el semblante tan pálido que estaba mortecino, y sus ojos hundidos brillaban con un resplandor anormal. Tras hacerle varias preguntas sobre su salud, le pregunté, sin saber bien qué decir, si ya había recobrado el escarabeido del teniente G—.

—Ah, sí —respondió, enrojeciendo bruscamente—. Me lo devolvió a la mañana siguiente. Nada podrá separarme de ese escarabeido. ¿Sabe usted que Júpiter tenía toda la razón en cuanto a él?

—¿En qué sentido? —pregunté, con un aciago presentimiento.

—¡Al decir que es un bicho de oro puro!

Manifestó aquello con un aire de profunda seriedad, cosa que me produjo un asombro inenarrable.

—Este bicho me hará rico —continuó con una sonrisa triunfal—, y me devolverá las posesiones de mi familia. ¿Le extraña, pues, que lo valore tanto? Ya que la Fortuna ha tenido a bien otorgármelo, sólo tengo que emplearlo adecuadamente y llegaré al oro del que es índice. ¡Júpiter, tráeme el escarabeido!

—¿Qué? ¿El bicho, jeñó? Yo no quiero tener na que ver con eje bicho. Mejor que lo coja ujté mijmo.

Al momento Legrand se levantó con aire grave y majestuoso, y me trajo el escarabajo, sacándolo de una caja de cristal donde estaba guardado. Era un escarabeido hermoso, en aquel entonces desconocido para los naturalistas, un genuino hallazgo desde el punto de vista científico. Tenía dos manchas negras y redondas cerca de un extremo del dorso, y una alargada cerca del otro. Los élitros eran sumamente duros y brillantes, con todo el aspecto del oro bruñido. El peso del insecto era verdaderamente notable y, entre unas cosas y otras, no podía reprochar a Júpiter su opinión al respecto; pero en cuanto a entender la conformidad de Legrand con dicha opinión, me sentía, a todas luces, incapaz.

—Le he mandado llamar —dijo con tono grandilocuente cuando terminé mi examen del bicho— para pedirle consejo y ayuda en dilucidar los designios del Destino y del bicho...

—Mi querido Legrand —exclamé, interrumpiéndolo—, es evidente que usted no está bien y le convendría tomar ciertas precauciones mínimas. Deberá meterse en la cama, y yo me quedaré con usted unos días, hasta que se recupere de esto. Tiene algo de fiebre y...

—Tómeme el pulso —dijo él.

Lo hice y, a decir verdad, no noté la menor indicación de fiebre.

—Pero puede estar enfermo y no tener fiebre. Permítame por una vez hacerle una recomendación. En primer lugar, métase en la cama. Lo siguiente...

—Se equivoca usted —interrumpió—. Estoy todo lo bien que cabría suponer en el estado de nervios que padezco. Si realmente me quiere bien, intentará aliviarme de ello.

—¿Y eso cómo ha de hacerse?

—Es muy sencillo. Júpiter y yo vamos a hacer una expedición al monte, a tierra firme, y para ello requeriremos la ayuda de una persona que sea de fiar. Usted es el único en quien podemos confiar. Tanto si triunfamos como si no, la agitación que ahora observa en mí se apaciguará de igual manera.

—Deseo complacerle por encima de todo —respondí—, pero ¿está usted diciendo que este escarabajo infernal está relacionado con su expedición al monte?

—Así es.

—Entonces, Legrand, no puedo tomar parte en tan absurdo propósito.

—Lo siento, lo siento mucho, pues tendremos que intentarlo nosotros solos.

—¡Intentarlo solos! ¡Este hombre está loco! ¡Pero espere! ¿Cuánto tiempo piensa estar fuera?

—Probablemente toda la noche. Nos pondremos en marcha inmediatamente y habremos vuelto, pase lo que pase, al amanecer.

—¿Y me promete por su honor que cuando se le pase este antojo y el asunto del bicho (¡santo Dios!) quede resuelto a su entera satisfacción, volverá a casa y seguirá mis consejos al pie de la letra, como si fuera su médico?

—Sí, lo prometo; y ahora vámonos, pues no hay tiempo que perder.

Con todo el dolor de mi corazón, acompañé a mi amigo. Salimos sobre las cuatro, Legrand, Júpiter, el perro y yo. Júpiter iba con la guadaña y las palas, que insistió en llevar todas él, más por temor a dejar cualquiera de los utensilios al alcance de su amo, me pareció a mí, que por exceso de afán o complacencia. Tenía un aspecto muy alicaído, y «ese maldito bicho» fue lo único que salió de sus labios en todo el viaje. En cuanto a mí, me habían confiado un par de linternas sordas, mientras Legrand se daba por contento con el escarabeido, que llevaba atado a la punta de una tralla y balanceaba aquí y allí conforme andaba, con aires de mago. Al contemplar esta última y clara prueba de la demencia de mi amigo, apenas pude contener las lágrimas. Juzgué preferible, sin embargo, seguirle la corriente, al menos por el momento, hasta poder adoptar medidas más enérgicas con alguna posibilidad de éxito. Mientras tanto procuré, y no pude, sonsacarle en cuanto a la finalidad de la expedición. Habiendo logrado inducirme a acompañarle, parecía reacio a mantener una conversación sobre cualquier asunto trivial, y a todas mis preguntas no daba otra respuesta que: «¡Ya veremos!».

Cruzamos el arroyo de la punta de la isla con un esquife, y ascendiendo por las tierras altas avanzamos a orillas del continente en dirección nordeste, por un trecho de terreno extremadamente salvaje y desolado, donde no se veía ni rastro de una pisada humana. Legrand abría paso con decisión, deteniéndose sólo un instante aquí y allá, para consultar lo que parecían ser puntos de referencia que habría dejado él mismo en una anterior ocasión.

De esta manera continuamos durante unas dos horas, y el sol se estaba poniendo cuando entramos en una región infinitamente más sombría que ninguna de las vistas hasta entonces. Era una especie de meseta cercana a la cima de un monte casi inaccesible, densamente arbolada desde la base hasta el pináculo y salpicada de enormes peñascos que parecían estar sueltos por el suelo, a muchos de los cuales sólo los árboles en que se apoyaban les impedían precipitarse sobre los valles de abajo. Unos profundos barrancos que se abrían en varias direcciones daban aún mayor solemnidad al paisaje.

La plataforma natural a la que habíamos trepado estaba cubierta de tupidas zarzas, entre las que pronto descubrimos que habría sido imposible abrirnos camino de no tener la guadaña; y Júpiter, por orden de su amo, empezó a desbrozar un sendero hasta el pie de un tulipero enormemente alto que se erguía sobre el llano entre unos ocho o diez robles a los que sobrepasaba con mucho, como a todos los demás árboles que yo había visto hasta entonces, en la belleza y forma de su follaje, la amplia envergadura de sus ramas y la majestuosidad general de su aspecto. Cuando llegamos a este árbol, Legrand se volvió hacia Júpiter y le preguntó si era capaz de subir a él. El anciano se quedó algo desconcertado ante la pregunta y durante unos instantes no contestó nada. Finalmente se acercó al inmenso tronco, lo rodeó lentamente y lo examinó con minuciosa atención. Al completar su escrutinio, simplemente dijo:

—Jí, jeñó, Jup trepa a cualquié árbol que tenga delante.

—Pues arriba entonces, lo antes posible, pues pronto estará demasiado oscuro para ver lo que hacemos.

—¿Cuánto tengo que jubí, jeñó? —indagó Júpiter.

—Sube el tronco primero y luego te diré por dónde tienes que ir, y toma, ¡espera! Llévate este escarabajo contigo.

—¡El bicho, jeñó Will! ¡El bicho de oro! —gritó el negro, apartándose desolado—. ¿Acarrear yo eje bicho ahí arriba? ¡Que me lleve el demonio ji lo hago!

—Si un negro enorme como tú, Jup, no se atreve con un escarabajo tan pequeño, muerto e inofensivo, entonces puedes atarlo con el cordel, pero si no te lo llevas sea como sea, me veré en la necesidad de romperte la cabeza con esta pala.

—¿Qué le paja ahora, jeñó? —dijo Jup, evidentemente avergonzado y vencido—. Jiempre anda armando jaleo con el viejo negro. Ji era una broma. ¿Yo, miedo al bicho? ¿Y a mí qué me impolta eje bicho?

Tomó cautelosamente la punta del cordel y, manteniendo el insecto tan alejado de su persona como lo permitían las circunstancias, se dispuso a trepar el árbol.

El tulipero, o *Liriodendron Tulipiferum,* el más magnífico de los árboles forestales americanos, tiene de joven un tallo peculiarmente liso, que a menudo alcanza una gran altura sin ramas laterales; pero en su edad madura la corteza se hace nudosa y desigual, y del tronco brotan numerosas ramas cortas. Por tanto, la dificultad del ascenso en el presente caso era más aparente que real. Abrazando el enorme cilindro como mejor pudo, con los brazos y las rodillas, buscando con las manos protuberancias o apoyando en ellas los pies desnudos, Júpiter, tras uno o dos amagos de caída, por fin se encaramó al primer ramal y pareció dar todo aquel asunto por terminado. De hecho, el mayor riesgo de la proeza sí había pasado, aunque el escalador estaba a veinte o veinticinco metros de altura.

—¿Para dónde voy ahora, jeñó? —preguntó.

—Sigue por la rama más grande, la de este lado —dijo Legrand.

El negro le obedeció enseguida y aparentemente con poco esfuerzo, ascendiendo más y más, hasta que dejó de verse su figura rechoncha entre las ramas tupidas que lo rodeaban. Pronto se oyó su voz en una especie de exclamación:

—¿Cuánto me falta de jubir?

—¿A qué altura estás? —preguntó Legrand.

—Mu alto —respondió el negro—. Veo el sielo entre la hoja del árbol.

—Olvídate del cielo y escucha lo que te digo. Mira hacia abajo por el tronco y cuenta las ramas que tienes debajo a este lado. ¿Cuántas ramas has pasado?

—Una, do, tre, cuatro, jinco. He pajao jinco rama grande, jeñó, a ejte lao.

—Pues sube una rama más.

Pocos minutos después se volvió a oír la voz, anunciando la llegada a la séptima rama.

—Ahora, Jup —exclamó Legrand, evidentemente muy nervioso—. Quiero que sigas por esa rama, lo más lejos que llegues. Si ves algo raro, avísame.

Para entonces, las pocas dudas que pudiera tener sobre la locura de mi pobre amigo se disiparon al fin. No había más remedio que considerarle afectado por la demencia, y empecé a preocuparme seriamente sobre la manera de llevarle a casa. Mientras meditaba sobre lo que convenía hacer, volvió a escucharse la voz de Júpiter.

—Me da mucho miedo ir tan lejo pol ejta rama. E una rama muerta caji toa.

—¿Has dicho una rama muerta, Júpiter? —chilló Legrand con voz temblorosa.

—Jí, jeñó, muerta y bien muerta, ja quedao toa tieja, ja ío a mejó vida.

—En el nombre del cielo, ¿qué voy a hacer? —preguntó Legrand, al parecer afligido por una gran desesperación.

—¡Hacer! —dije yo, aprovechando la oportunidad de intercalar alguna palabra—. Pues volver a casa y meterse en la cama. ¡Vamos!, pórtese usted bien. Se está haciendo tarde, y además, recuerde su promesa.

—Júpiter —gritó él sin prestarme la menor atención—. ¿Me oyes?

—Jí, jeñó Will, lo oigo muy bien.

—Prueba la madera, entonces, con el cuchillo, y dime si la ves muy podrida.

—Ta podría, jeñó, ya lo dejía yo —contestó el negró instantes después—, pero no tan podría como parejía. Puedo ir un poco po la rama yo jolo, ejo jí.

—¡Tú solo! ¿Qué quieres decir?

—Pue lo del bicho. El bicho peja mucho, mucho. Mejó ji le suelto primero, y ají la rama no je romperá, jólo con el pejo de un negro.

—¡Maldito bribón! —exclamó Legrand, aparentemente muy aliviado—. ¿Qué pretendes al contarme ese disparate? Si sueltas ese escarabajo, te rompo el cuello. ¡Eh, Júpiter! ¿Me oyes?

—Jí, jeñó, no tiene po qué gritá de eja manera a un pobre negro.

—¡Bien! ¡Pues escucha! Si avanzas por la rama hasta donde te atrevas, y sin soltar el escarabajo, te regalaré un dólar de plata en cuanto bajes.

—Ya voy, jeñó Will, de verdá que jí —contestó el negro enseguida—. Ya caji ejtoy en la punta.

—¡Casi en la punta! —dijo Legrand a voces—. ¿Dices que estás en la punta de esa rama?

—Pronto llego al final, jeñó, ¡a-a-ay! ¡Bendito jea Dio! ¿Qué jerá ejto que hay enjima el árbol?

—¡Bien! —exclamó Legrand verdaderamente entusiasmado—. ¿Qué es?

—Pue nada meno que una calavera. Alguien ja dejao la calavera nel árbol y lo cuervo jan comío toa la piel.

—¿Una calavera, dices? ¡Muy bien! ¿Cómo está sujeta a la rama? ¿Qué la sostiene?

—A ver, jeñó; voy a mirá. Pue e de lo má curiojo, je lo juro, la calavera tiene un clavo mu grande, que la agarra al árbol.

—Bien, pues ahora, Júpiter, haz exactamente lo que yo te diga. ¿Me oyes?

—Jí, jeñó.

—Hazme caso, entonces. Busca el ojo izquierdo del cráneo.

—¡Anda! ¡Tú! Mía qué bien, ji no tie ni ojo ni na.

—¡Maldita sea tu estupidez! ¿Distingues tu mano derecha de la izquierda?

—Jí, ejo jí, lo jé mu bien. Con la mano ijquierda corto la leña.

—¡Claro que sí! Eres zurdo, y el ojo izquierdo está al mismo lado que tu mano izquierda. Supongo que ahora sabrás encontrar el ojo izquierdo del cráneo, o el sitio donde estuvo el ojo. ¿Lo has encontrado?

Aquí se produjo una larga pausa. Por fin el negro preguntó:

—¿Ejtá el ojo ijquierdo de la calavera al mijmo lao que la mano ijquierda de la calavera tamién? Porque a la calavera no le quea ni una pijca de mano ijquierda. ¡Quía! Ya tengo el ojo ijquierdo, aquí ejtá. ¿Qué tengo que hajé con él?

—Mete el escarabajo dentro, hasta donde llegue el cordel, pero ten cuidado de no soltarlo.

—Ya ejtá, jeñó Will; mu fájil meté el bicho pol aujero. ¡Mire, que ya baja!

Durante este coloquio no se distinguía parte alguna de la persona de Júpiter; pero el escarabajo, que al fin había hecho descender, era ya visible en el extremo del cordel, donde brillaba como un globo de oro puro bajo los últimos rayos del sol poniente, algunos de los cuales iluminaban levemente la eminencia sobre la que nos hallábamos. El escarabeido colgaba bajo el nivel de las ramas y, de soltarlo, habría caído a nuestros pies. Legrand agarró al punto la guadaña y despejó con ella un espacio circular de tres o cuatro metros de diámetro justamente debajo del insecto y, hecho esto, ordenó a Júpiter que soltara el cordel y bajara del árbol.

Clavando con mucho cuidado una estaca en el suelo, en el lugar preciso donde había caído el escarabajo, mi amigo sacó del bolsillo una cinta de medir. Tras sujetar un extremo a la parte del tronco del árbol más cercana a la estaca, la estiró hasta alcanzarla y después la siguió estirando en la dirección ya establecida por los puntos del árbol y la estaca, hasta una distancia de quince metros, mientras Júpiter segaba las zarzas con la guadaña. En el lugar así alcanzado, Legrand clavó una segunda estaca y, en torno a ella, tomándola como centro, trazó un tosco círculo de un metro de diámetro. Empuñando él una pala, y dando una a Júpiter y otra a mí, nos rogó que nos pusiéramos a cavar lo antes posible.

A decir verdad, nunca me había hecho mucha gracia semejante divertimento, y en aquel momento concreto lo habría rehusado con mucho gusto pues la noche se acercaba y ya estaba muy fatigado de tanto ejercicio como había hecho; pero no veía modo de librarme y temí turbar la serenidad de mi pobre amigo al negarme. Es más, de haber podido contar con la ayuda de Júpiter no habría dudado en intentar llevar al lunático a su casa por la fuerza; pero conocía demasiado bien el carácter del negro para esperar que me secundara, bajo cualquier circunstancia, en una contienda personal contra su amo. No cabía duda de que éste se había contagiado de una de las innumerables supersticiones sureñas sobre tesoros escondidos, y que su fantasía se había visto cumplida con el hallazgo del escarabeido, o quizá con el empeño de Júpiter en decir que era «un bicho de oro puro». Una mente con tendencia a la enajenación se dejaría llevar fácilmente por semejantes influencias —sobre todo si concuerdan con anteriores ideas preconcebidas—; y recordé la perorata del pobre hombre sobre el escarabajo como «índice de su fortuna». En suma, estaba profundamente triste y perplejo, pero resolví hacer de la necesidad virtud, cavar con mi mejor voluntad y así convencer cuanto antes al visionario, por muestra ocular, de la falacia de las opiniones que abrigaba.

Una vez encendidas las linternas, todos nos pusimos a trabajar con un entusiasmo digno de un motivo más racional; y conforme el fulgor iba cayendo sobre nuestras personas e instrumentos, no pude dejar de pensar en lo pintoresco del grupo que formábamos y lo extraños y sospechosos que habrían parecido nuestros afanes a cualquier intruso que, por casualidad, diera con nuestro paradero.

Cavamos con mucha constancia durante dos horas. Decíamos poco; y nuestra mayor preocupación eran los ladridos del perro, que mostraba un enorme interés por nuestra labor. Acabó siendo tan escandaloso que temimos pusiera sobre aviso a alguno de los vagabundos de las inmediaciones, o eso temía Legrand, en todo caso, pues yo me hubiera entusiasmado con cualquier interrupción que me permitiera llevar al nómada a su casa. Quien finalmente se encargó de silenciar el ruido fue el eficaz Júpiter que, saliendo del hoyo con un aire de firme determinación, empleó uno de sus tirantes en amordazar a la bestia y volvió a su tarea con una ronca carcajada.

Al terminar el tiempo mencionado habíamos alcanzado una profundidad de casi dos metros, sin manifestarse indicio de tesoro alguno. Se produjo una pausa general, y empecé a hacerme ilusiones de que la farsa hubiera terminado. Legrand, sin embargo, aunque evidentemente desconcertado, se enjugó pensativo el sudor de la frente y volvió a ello. Habiendo cavado ya el círculo entero de un metro de diámetro, agrandamos ligeramente el límite y aumentamos la profundidad en medio metro. Seguía sin aparecer nada. El buscador de oro, de quien me apiadaba sinceramente, acabó saliendo del hoyo con la más amarga decepción dibujada en cada uno de sus rasgos y procedió a ponerse, despacio y con renuencia, el abrigo que se había quitado al empezar su labor. Entretanto, yo no hice ningún comentario. Júpiter, a una señal de su amo, se afanó en recoger las herramientas. Hecho esto, y habiendo quitado el bozal al perro, iniciamos el regreso a casa sumidos en el más profundo silencio.

Serían poco más de una docena los pasos que habíamos dado en dicha dirección cuando, jurando en voz alta, Legrand se acercó a Júpiter en dos zancadas y le agarró por el cuello. El atónito negro abrió los ojos y la boca todo lo que pudo, dejó caer las palas y se hincó de rodillas.

—¡So bribón! —dijo Legrand, haciendo silbar las palabras entre los dientes—. ¡Maldito negro infernal! ¡Habla, te digo! ¡Contéstame ahora mismo, sin evasivas! ¿Cuál... cuál es tu ojo izquierdo?

—Ay, por Dio, jeñó Will, ¿jeguro que no e éjte mi ojo ijquieldo? —bramó el aterrado Júpiter, tapándose con la mano el órgano de visión derecho y manteniéndola allí con terca desesperación, como si temiera que su amo fuese a arrancárselo de inmediato.

—¡Ya decía yo! ¡Lo sabía! ¡Hurra! —vociferó Legrand, soltando al negro y ejecutando una serie de corvetas y cabriolas para gran asombro de su criado, que, poniéndose en pie, miraba mudo a su amo, luego a mí, y otra vez a su amo.

—¡Vamos! Tenemos que volver —dijo este último—. La cosa sigue en pie.

Y volvió a encabezar la fila, de vuelta hacia el tulipero.

—Júpiter —dijo al llegar al pie del árbol—. ¡Ven aquí! ¿El cráneo estaba clavado a la rama con la cara hacia fuera o con la cara hacia la rama?

—Con la cara pa fuera, jeñó, pa que lo cuervo puedan llegar a lo ojo bien fájil.

—Bien, entonces, ¿fue este ojo o el otro por donde soltaste el escarabajo? —indagó Legrand, tocando alternativamente los ojos de Júpiter.

—Por éjte, jeñó, por el ojo ijquierdo, como ujté me dijo —y era el derecho el ojo que indicaba el negro.

—Basta, entonces. Hay que volver a intentarlo.

Y mi amigo, en cuya locura yo empezaba a ver un cierto método, trasladó la estaca que marcaba el lugar donde había caído el escarabajo, situándola unos ocho centímetros al oeste de su posición anterior. Llevando la cinta de medir desde el punto más próximo del tronco hasta la estaca, como antes, y estirándola en línea recta hasta una distancia de quince metros, señaló un lugar a varios metros de distancia del sitio donde habíamos estado cavando.

En torno a la nueva posición quedó trazado un círculo algo mayor que en la instancia anterior, y volvimos a ponernos a trabajar con las palas. Yo estaba terriblemente cansado; pero sin entender apenas lo que había ocasionado un cambio en mis pensamientos, ya no sentía tanta aversión por la labor impuesta. Me había aflorado un interés, o mejor dicho, un entusiasmo, inexplicable. Quizá hubiera algo en la extravagante conducta de Legrand, una cierta previsión o deliberación, que me impresionara. Cavé con afán, y de vez en cuando me sorprendía a mí mismo buscando, con algo muy semejante a la esperanza, el tesoro soñado cuya visión había trastornado a mi desgraciado compañero. En el momento en que estos caprichos del pensamiento me dominaban con mayor fuerza, cuando ya llevábamos trabajando en torno a una hora y media, los violentos ladridos del perro volvieron a interrumpirnos. La primera vez su desasosiego había sido, evidentemente, por simple antojo o ganas de jugar, pero ahora empleaba un tono serio y airado. Cuando Júpiter intentó volver a embozarle opuso una furiosa resistencia y, saltando al hoyo, levantó frenéticamente el mantillo con las patas. En pocos segundos había desenterrado una porción de huesos humanos que resultaron ser dos esqueletos completos, entremezclados con varios botones de metal y lo que parecía ser polvo de tela descompuesta. Uno o dos golpes de pala descubrieron la cuchilla de una enorme faca española; y al seguir excavando salieron a la luz tres o cuatro monedas de oro y plata.

Al verlas, Júpiter apenas logró contener su alegría, pero el semblante de su amo mostraba una profunda decepción. Nos insistió, sin embargo, en que continuáramos con nuestros esfuerzos y apenas habían sido pronunciadas sus palabras cuando yo tropecé y caí hacia delante, habiendo enganchado la punta de mi bota en un enorme anillo de hierro que yacía medio enterrado en la tierra removida.

Nos pusimos a ello con ahínco, y jamás pasé diez minutos de mayor excitación. En este intervalo habíamos casi desenterrado un cofre oblongo de madera que, a juzgar por su perfecta conservación y maravillosa dureza, había claramente sufrido algún proceso de mineralización, quizá el del biocloruro de mercurio. Esta caja medía algo más de un metro de largo, un metro de ancho y unos setenta centímetros de profundidad. Estaba firmemente sujeta por unas tiras de hierro forjado, remachadas y formando una especie de enrejado amplio que lo cubría entero. A cada lado del cofre, cerca de la parte superior, había tres anillas de hierro —seis en total— mediante las cuales seis personas podían llevarlo bien sujeto. Nuestros mayores esfuerzos unidos sólo sirvieron para mover el cofre mínimamente en su lecho. Enseguida comprendimos la imposibilidad de trasladar semejante peso. Por suerte, los únicos cierres que tenía la tapa consistían en dos pasadores. Éstos los corrimos, temblando y jadeando de ansiedad. Al instante, un tesoro de valor incalculable yacía reluciente ante nuestros ojos. Conforme los rayos de la linterna descendían al hoyo, subían los destellos y el resplandor de un confuso montón de oro y joyas que nos deslumbraron por completo.

No puedo pretender describir mis sentimientos al contemplar aquello. El asombro era, por supuesto, superior a todo. Legrand parecía agotado por la excitación y dijo muy pocas palabras. El rostro de Júpiter manifestó durante unos minutos la palidez más espantosa que podía mostrar, dentro de los límites de la naturaleza, la faz de un negro. Parecía aturdido, alcanzado por un rayo. Al rato cayó de rodillas en el hoyo y, hundiendo los brazos desnudos hasta los codos en oro, los dejó permanecer así, cual disfrutando del placer de un baño. Por fin, con un profundo suspiro, exclamó como en un soliloquio:

—¡Y todo ejto viene del bicho de oro! ¡De eje bicho de oro tan bonito! ¡De eje pobre bicho de oro al que yo he tratao como un jalvaje! ¿No te da vergüenja, negro? ¡Dime!

Fue necesario, finalmente, que yo hiciera ver tanto al amo como al criado la necesidad de mover el tesoro. Ya era tarde y nos correspondía a todos hacer un esfuerzo para tenerlo a buen recaudo antes del amanecer. Resultaba difícil decidir lo que convenía hacer, y dedicamos mucho tiempo a la deliberación, tan confusas eran todas nuestras ideas. Finalmente, habiendo aligerado el cofre al retirar dos tercios de su contenido, logramos con no pocas molestias alzarlo del agujero. Los artículos extraídos se depositaron entre las zarzas y el perro quedó a su cuidado, con órdenes estrictas de Júpiter de bajo ningún pretexto moverse de su sitio ni abrir la boca hasta nuestro regreso. Después nos dirigimos apresuradamente a casa con el cofre; llegando sanos y salvos a la cabaña, pero con enorme afán, a la una de la mañana. Rendidos como estábamos, nos fue humanamente imposible hacer más de manera inmediata. Descansamos hasta las dos, cenamos y al punto enfilamos el monte, pertrechados de tres recios sacos que por suerte había en casa. Poco antes de las cuatro llegamos al hoyo, repartimos el resto del botín entre nosotros con la mayor ecuanimidad posible, y, dejando los agujeros sin tapar, emprendimos de nuevo el camino hacia la cabaña, donde por segunda vez depositamos nuestra dorada carga justamente cuando las primeras tenues luces de la aurora asomaban al este sobre las copas de los árboles.

Estábamos completamente exhaustos, pero la intensa excitación del momento nos impedía descansar. Tras un sueño intranquilo de tres o cuatro horas de duración nos levantamos, como respondiendo a un acuerdo previo, para examinar nuestro tesoro.

El cofre estaba lleno hasta los bordes, por lo que pasamos el día entero y gran parte de la noche siguiente dedicados a la exploración de su contenido. No existía allí ni orden ni concierto. Todo se hallaba mezclado con promiscuidad. Tras clasificarlo con esmero, nos descubrimos dueños de una fortuna aún mayor de lo que habíamos supuesto en un principio. En moneda había algo más de cuatrocientos cincuenta mil dólares, calculando el valor de las piezas en la medida de lo posible conforme a las tablas de la época. No había ni una pizca de plata. Todo era oro de gran antigüedad y variedad, dinero francés, español y alemán, además de unas guineas inglesas y unas piezas de las que jamás habíamos visto ningún ejemplar. Contamos varias monedas grandes y de mucho peso, tan gastadas que no pudimos descifrar sus inscripciones. No había dinero americano. El valor de las joyas nos resultó más difícil de calcular. En total había ciento diez diamantes, varios de gran tamaño y perfección, ninguno pequeño; dieciocho rubíes de un brillo excepcional; trescientas diez esmeraldas, todas muy hermosas; veintidós zafiros y un ópalo. Todas estas piedras las habían desengastado, metiéndolas a bulto en el cofre. Las monturas, que logramos distinguir del resto del oro, parecían haberlas machacado con un martillo, como para impedir su identificación. Además de todo esto, había una enorme cantidad de adornos de oro macizo: casi doscientos anillos y pendientes enormes; varias cadenas espléndidas (treinta, si mal no recuerdo); ochenta y tres crucifijos de gran peso y tamaño; cinco incensarios de oro de inmenso valor; un prodigioso copón dorado con adornos de pámpanos y bacantes hermosamente cincelados; dos exquisitas empuñaduras repujadas y muchas otras piezas pequeñas que no recuerdo. El peso de estas riquezas superaba los ciento cincuenta kilos, y en este cálculo no he incluido ciento noventa y siete espléndidos relojes, tres de los cuales valían quinientos dólares cada uno. Muchos de ellos eran muy antiguos e inútiles como máquinas del tiempo, ya que el mecanismo había sufrido en mayor o menor grado los efectos de la corrosión, pero todos estaban ricamente adornados con pedrería y tenían estuches muy valiosos. Esa noche calculamos que el contenido total del cofre valía un millón y medio de dólares, aunque tras la posterior venta de las piezas y joyas menores (conservando varias para nuestro uso personal) resultó que habíamos desestimado grandemente el tesoro.

Cuando al fin concluimos nuestro examen y el intenso entusiasmo del momento disminuyó en cierta medida, Legrand, al ver que yo languidecía de impaciencia esperando una solución para aquel enigma tan extraordinario, acometió un relato detallado de todas las circunstancias conectadas con él.

—Recordará usted —me dijo— la noche en que le enseñé el rudimentario boceto que hice del escarabeido. También recordará cuánto me indignó usted al insistir en que mi dibujo se parecía a una calavera. La primera vez que hizo el comentario creí que sólo era una broma, pero después me vinieron a la cabeza las peculiares manchas del dorso del insecto y reconocí que su comentario tenía alguna justificación real. Aun así, su desdén de mis dotes gráficas me irritó, pues se me tiene por un buen artista; por eso, cuando me devolvió usted el trozo de pergamino, a punto estuve de arrugarlo y tirarlo sin más al fuego.

—El trozo de papel, dice usted —apostillé.

—No. Tenía un aspecto muy similar al papel y en un principio creí que lo era, pero al dibujar en él descubrí de inmediato que se trababa de un pedazo de finísimo pergamino. Estaba muy sucio, recordará usted. Pues bien, cuando me disponía a arrugarlo miré de casualidad el boceto que había usted estado observando y ya imaginará mi asombro al ver, en efecto, la silueta de una calavera justamente donde me parecía haber dibujado el escarabajo. Por un instante me quedé tan desconcertado que no lograba pensar con claridad. Sabía que mi dibujo era muy distinto de aquél en los detalles, aunque tuviera cierto parecido en el contorno general. Tomé, pues, una vela y sentándome en el otro extremo de la habitación, empecé a examinar el pergamino más atentamente. Al darle la vuelta vi mi boceto en el reverso, tal como yo lo había hecho. Mi primera idea, entonces, fue la mera sorpresa ante una similitud verdaderamente excepcional en los trazos; ante la singular coincidencia que suponía el hecho de que hubiera, sin yo saberlo, una calavera en el otro lado del pergamino, inmediatamente debajo de mi silueta del escarabeido, y que esta calavera, no sólo en su contorno, sino en su tamaño, se pareciera tanto a mi dibujo. Le digo que la singularidad de esta coincidencia me dejó absolutamente estupefacto durante un tiempo. Es el efecto que suelen producir semejantes casualidades. La mente se esfuerza por establecer una conexión, una secuencia de causa y efecto, y, al ser incapaz de hacerlo, sufre una especie de parálisis temporal. Pero cuando me recuperé del estupor llegué gradualmente a una convicción que me asustó aún más que la propia casualidad. Empecé a recordar, clara y rotundamente, que no había ningún dibujo en el pergamino cuando yo hice mi bosquejo del escarabeido. Estaba completamente seguro, pues recordaba haberlo vuelto a un lado y luego al otro, buscando la parte más limpia. De haber estado la calavera ahí, por supuesto, no habría podido dejar de verla. Estaba indudablemente ante un misterio que me parecía imposible de explicar; pero aun en ese primer momento pareció encenderse tenuemente en los recovecos más remotos y secretos de mi mente una especie de luciérnaga, una noción luminosa de esa verdad que la aventura de la noche anterior demostraba tan magníficamente. Me puse en pie enseguida y, dejando el pergamino a buen recaudo, pospuse toda reflexión hasta encontrarme a solas.

»Cuando usted se hubo marchado y Júpiter dormía a pierna suelta, emprendí una investigación más metódica del asunto. En primer lugar consideré la manera en que el pergamino había llegado a mis manos. El lugar donde encontramos el escarabeido estaba en la costa del continente, a algo más de un kilómetro de la isla y a poca distancia de la marca que deja la pleamar. Cuando lo atrapé, me picó con saña, haciéndome soltarlo. Júpiter, con su habitual prudencia, buscó una hoja o algo parecido con que poder agarrar el insecto, que había volado hacia él. Fue entonces cuando sus ojos y los míos descubrieron el trozo de pergamino, que en aquel momento me pareció papel. Estaba medio enterrado en la arena, con una esquina a la vista. Cerca del lugar donde lo encontramos observé los restos de la quilla de lo que debía de haber sido la chalupa de un barco. Los restos del naufragio parecían llevar allí mucho tiempo, pues apenas guardaban parecido con las maderas de un barco.

»Bien, pues Júpiter recogió el pergamino, envolvió el escarabajo en él y me lo dio. Poco después emprendimos el regreso a casa y de camino me encontré con el teniente G—. Le enseñé el insecto y me rogó que le dejara llevarlo al fuerte. Con mi consentimiento, lo guardó en el bolsillo de su chaleco, sin el pergamino en que había estado envuelto y que yo tuve en la mano mientras duró su inspección. Quizá temía que yo cambiara de opinión y estimó mejor asegurarse el premio cuanto antes, ya sabe usted el entusiasmo que despiertan en él todos los asuntos relacionados con la historia natural. Mientras tanto, sin ser consciente de ello, debí de guardarme el pergamino en el bolsillo.

»Recordará usted que cuando me acerqué a la mesa con intención de hacerle un dibujo del escarabajo, no encontré papel donde suelo guardarlo. Miré en el cajón y allí tampoco había. Me rebusqué en los bolsillos, esperando encontrar alguna carta vieja, cuando mi mano dio con el pergamino. Preciso así el modo exacto en que llegó a mi poder, pues las circunstancias me impresionaron sobremanera.

»Sin duda me juzgará usted fantasioso, pero acababa de establecer una especie de conexión, uniendo dos eslabones de una gran cadena. Había una barca en una playa y no lejos de la barca había un pergamino —no un papel— con una calavera dibujada. Usted, por supuesto, me preguntará cuál es la conexión. Le contesto que el cráneo, o calavera, es el conocido emblema de los piratas. En toda refriega se iza la bandera con la calavera.

»Ya le he dicho que el fragmento era de pergamino, no de papel. El pergamino es duradero, casi imperecedero. Los asuntos de poca importancia casi nunca se consignan en pergamino, pues no resulta tan propio como el papel para tareas comunes como dibujar o escribir. Esta reflexión sugería que la calavera tenía un significado de cierta relevancia. Además, también había reparado en la forma del pergamino. Aunque alguna eventualidad parecía haberle arrancado una de las esquinas, se veía que la forma original era oblonga. Era precisamente un pliego de los que se eligen para anotar algo, para consignar algo que se haya de recordar durante mucho tiempo y conservar con cuidado.»

—Sin embargo —le interrumpí—, dice usted que la calavera no estaba en el pergamino cuando dibujó el escarabajo. Entonces, si la calavera, según ha admitido usted mismo, la pergeñó Dios sabe quién después de que usted dibujara el escarabeido, ¿cómo establece una conexión entre la barca y la calavera?

—Ah, ahí está todo el misterio, aunque llegado ese momento, no me costó demasiado dar con el secreto. Mis pasos eran seguros y solamente podían llevarme a una solución. Razoné, por ejemplo, de la siguiente manera. Cuando dibujé el escarabeido, no parecía haber ninguna calavera sobre el pergamino. Al terminar el boceto se lo di a usted, y no le quité ojo hasta que me lo devolvió. Usted, por tanto, no dibujó la calavera, y no había nadie más que pudiera hacerlo. Entonces no la creó la mano del hombre. Y sin embargo, allí estaba.

»A esta altura de mis reflexiones intenté recordar y logré recordar, con toda claridad, cada incidente ocurrido durante el periodo en cuestión. Hacía frío (¡oh, rara y feliz circunstancia!) y ardía un fuego en el hogar. El ejercicio me había hecho entrar en calor y me senté junto a la mesa. Usted, sin embargo, había acercado su silla a la chimenea. Justamente cuando le puse el pergamino en la mano y estaba usted a punto de inspeccionarlo, entró mi querido terranova, *Wolf,* y le saltó a los hombros. Con la mano izquierda lo acarició y mantuvo alejado, mientras la derecha, que sostenía el pergamino, cayó languida entre sus rodillas, muy cerca del fuego. En un momento dado llegué a pensar que las llamas lo habían alcanzado, y estaba a punto de avisarle, pero antes de llegar a hablar retiró usted el pergamino y se enfrascó en su examen. Al considerar todos estos pormenores, advertí de inmediato que precisamente el calor era el agente que había sacado a la luz, sobre el pergamino, la calavera que vi dibujada en él. Bien sabe usted que existen, y han existido desde tiempo inmemorial, preparados químicos que permiten escribir sobre papel o vitela de manera que los caracteres se hagan visibles sólo al someterlos a la influencia del fuego. Puede emplearse zafre disuelto en agua regia y diluido en cuatro veces su peso en agua, lo que produce una tintura verde. El régulo de cobalto disuelto en esencia de salitre se vuelve rojo. Estos colores desaparecen pasado un tiempo más o menos largo al enfriarse el material empleado pero vuelven a hacerse visibles al exponerlos al calor.

»Examiné con cuidado la calavera. Sus contornos externos —los trazos del dibujo más próximos al borde del pergamino— eran mucho más precisos que los otros. Era evidente que la acción calórica había sido imperfecta o desigual. Inmediatamente encendí un fuego y sometí cada porción del pergamino a un calor intenso. Al principio, el único efecto fue un oscurecimiento de las líneas más tenues de la calavera; pero al proseguir el experimento se hizo visible, en una esquina del pliego diagonalmente opuesta al lugar donde estaba delineado el cráneo, una figura que entonces me pareció una cabra. Un escrutinio más atento, sin embargo, me convenció de que se trataba de un cabrito.»

—¡Ja, ja! —dije yo—. Claro está que no tengo derecho a reírme de usted, porque una fortuna de un millón y medio es un asunto demasiado serio para tomarlo a broma, pero no tendrá usted intención de establecer un tercer eslabón en su cadena... No podrá hallar relación alguna entre sus piratas y la cabra; los piratas, sabe usted, no tienen nada que ver con las cabras, que sólo interesan a los granjeros.

—Si le acabo de decir que el dibujo no era de una cabra.

—Bueno, pues un cabrito, que viene a ser lo mismo.

—Casi, pero no del todo —dijo Legrand—. Puede que haya usted oído hablar de un tal capitán Kidd [5]. Inmediatamente tomé la figura del animal por una especie de retruécano o firma jeroglífica. Si digo firma es porque su situación sobre el pergamino sugería esta idea. Asimismo, la calavera de la esquina diametralmente opuesta tenía aspecto de sello, de rúbrica. Pero me enervaba profundamente que no hubiera nada más; faltaba el cuerpo de mi documento supuesto, el texto propiamente dicho.

—Supongo que esperaba usted hallar una carta entre la firma y el sello.

—Algo semejante, sí. Lo cierto es que tenía un fuerte presentimiento que anunciaba un inminente golpe de fortuna. No sabría decir por qué; quizá se tratara más bien de un deseo que de un convencimiento, pero ¿sabe usted que la tonta palabrería de Júpiter sobre el bicho de oro puro afectó profundamente a mi fantasía? Y luego, la serie de circunstancias y casualidades, todas ellas tan verdaderamente extraordinarias. ¿Se da usted cuenta de la coincidencia que supone que todos estos he-

---

[5] William Kidd (1645?-1701), apodado «el capitán Kidd», fue un famoso navegante escocés que murió en la horca acusado de piratería. Por otra parte, en inglés *«kid»* significa «cabrito». *(N. de la T.)*

chos hayan ocurrido el único día del año en que hacía suficiente frío para tener que encender un fuego, y que sin el fuego, o sin la intervención del perro en aquel preciso momento, yo jamás habría descubierto la calavera, ni estaría en posesión del tesoro?

—Le ruego continúe. La impaciencia me corroe.

—Bien; habrá usted oído, por supuesto, las numerosas historias que se cuentan y los mil confusos rumores que corren sobre un dinero enterrado en algún lugar de la costa atlántica por Kidd y sus compinches. Estos rumores han de tener algún fundamento basado en la realidad. Y que lleven tanto tiempo oyéndose y hayan llegado hasta nuestros días podía deberse, según mi parecer, sólo a la circunstancia de que el tesoro siguiera enterrado. Si Kidd hubiera escondido su botín durante un tiempo, para recobrarlo después, los rumores jamás nos habrían llegado con tanta insistencia. Tenga presente que las historias que se cuentan son todas sobre tesoros buscados, pero no hallados. Si el pirata hubiera rescatado su dinero, ahí se habría acabado el asunto. Y se me ocurrió que un suceso fortuito, digamos la pérdida de una nota sobre su ubicación, le hubiera impedido recuperarlo, y que este hecho llegara a oídos de sus seguidores, quienes de no ser así quizá jamás hubieran sabido de un tesoro enterrado; éstos, tras intentar en vano y sin orientación alguna hallar dicho tesoro, habrían dado pie a las historias que son hoy moneda corriente. ¿Ha oído usted hablar de algún tesoro importante hallado en esta costa?

—Jamás.

—Pero es bien sabido que el acopio de Kidd fue inmenso. Por tanto, di por hecho que la tierra seguía guardándolo, y no le sorprenderá si le digo que tenía la esperanza, casi la certeza, de que aquel pergamino hallado de manera tan extraña aportaría la reseña perdida sobre su ubicación.

—Pero, ¿cómo procedió usted?

—Volví a acercar el pergamino al fuego, después de avivar el calor, pero no apareció nada. Pensé entonces que quizá la capa de suciedad que lo cubría pudiera tener algo que ver con el fracaso, así que limpié cuidadosamente el pergamino con agua caliente. Hecho esto, lo dispuse con la calavera mirando hacia abajo en un cazo de metal, que dejé sobre un fogón de carbón encendido. Al cabo de unos minutos, estando bien caliente el fondo del cazo, saqué el pliego y, para mi inexpresable alegría, lo hallé moteado en varios lugares con lo que parecían ser cifras ordenadas en filas. Volví a meterlo en el cazo y lo dejé permanecer otro minuto más. Al sacarlo estaba como usted mismo va a poder ver.

Aquí Legrand, habiendo recalentado el pergamino, lo sometió a mi inspección. Entre la calavera y el cabrito aparecían toscamente dibujadas en tinta roja las siguientes figuras:

53‡‡†305))6*;4826)4‡.)4‡);806*;48†8¶60))85;1‡(;:
‡*8†83(88)5*†;46(;88*96*?;8)*‡(;485);5*†2:*‡(;
4956*2(5*—4)8¶8*;4069285);)6†8)4‡‡;1(‡9;48081;
8:8‡1;48†85;4)485†528806*81(‡9;48;(88;4(‡?34;48)
4‡;161;:188;‡?;

—Bien —dije yo, devolviéndole el pliego—. Pero estoy más perdido que nunca. Si todas las joyas de Golconda[6] dependieran de la solución de este enigma, estoy seguro de que sería incapaz de ganármelas.

—Sin embargo —respondió Legrand—, la solución no es ni mucho menos tan difícil como pueda parecer tras la primera inspección apresurada de los símbolos. Éstos, como cualquiera podría adivinar, forman un código, es decir, tienen un significado; pero a Kidd, por lo que había oído hablar, no le creía capaz de construir criptogramas de los más complicados. Decidí inmediatamente que éste debía de ser un código sen-

---

6 Antigua ciudad del Indostán en la cual los sultanes del Dekán habían acumulado legendarios tesoros. *(N. de la T.)*

cillo, pero para la torpe inteligencia de un marino resultaría por completo irresoluble sin la clave.

—¿Y efectivamente lo resolvió usted?

—Con facilidad. He resuelto otros diez mil veces más abstrusos. Las circunstancias, y una cierta predisposición mental, me han hecho interesarme por estos acertijos, y cabe plantearse si el intelecto humano es capaz de construir enigma alguno que otro intelecto humano no logre resolver con la debida diligencia. De hecho, tras relacionar y establecer los caracteres legibles, apenas di importancia a la dificultad de descifrarlos.

»En el presente caso, como sucede en todos los casos de escritura cifrada, el primer asunto concierne al idioma del código, ya que los principios para hallar la solución, sobre todo en los códigos más sencillos, dependen de las características propias del idioma en cuestión. En general no queda otra alternativa más que probar (haciendo un cálculo de probabilidades) con todos los idiomas que conozca quien pretenda hallar la solución, hasta llegar al correcto. Pero, en el caso de nuestro código, la firma eliminaba toda dificultad. El juego de palabras con el vocablo «Kidd» sólo tiene sentido en inglés. De no ser por esta consideración, yo habría hecho los primeros intentos con el español y el francés, por ser las lenguas que con mayor probabilidad emplearía un pirata de los mares españoles del hemisferio sur. Siendo como fue, asumí que el criptograma estaría en inglés.

»Fíjese que entre las palabras no hay espacios. En caso de haberlos, la labor hubiera sido relativamente sencilla. Siendo así habría empezado por el cotejo y análisis de las palabras más cortas, y de aparecer alguna palabra de una sola letra, por ejemplo *a* o *I* (uno, yo), habría dado por buena la solución. Pero, al no existir ninguna división, mi primer paso fue averiguar las letras predominantes, así como las menos frecuentes. Luego de contarlas todas, hice de este modo la siguiente tabla:

El	signo	8	aparece	33	veces.
»	»	;	»	26	»
»	»	4	»	19	»
»	»	‡ y)	»	16	»
»	»	*	»	13	»
»	»	5	»	12	»
»	»	6	»	11	»
»	»	(	»	10	»
»	»	† y 1	»	8	»
»	»	0	»	6	»
»	»	9 y 2	»	5	»
»	»	: y 3	»	4	»
»	»	?	»	3	»
»	»	¶	»	2	»
»	»	— y .	»	1	»

»Pues bien, en inglés, la letra que aparece con mayor frecuencia es la *e*. Después la sucesión es como sigue: *a o i d h n r s t u y c f g l m w b k p q x z*. La *e* predomina de manera tan extraordinaria que apenas se ve una frase individual de cualquier longitud donde no sea la letra imperante.

»Ya desde el comienzo, por tanto, contamos con lo necesario para aventurar algo más que una mera suposición. El uso general que puede darse a esta tabla es obvio, pero en este código concreto tan sólo la aplicaremos de modo muy parcial. Puesto que el signo predominante es el 8, empezaremos por suponer que representa la *e* del abecedario natural. Para verificar esta suposición observemos si el 8 aparece a menudo en parejas, pues en inglés es muy frecuente que la *e* sea doble, como por ejemplo en las palabras *meet, fleet, speed, seen, been, agree,* etc. En el presente caso la vemos doblada nada menos que cinco veces, si bien el criptograma es breve.

»Demos por hecho, entonces, que el 8 es la *e*. Ahora bien, de todas las palabras del idioma, *the* es la más corriente; veamos, por tanto, si no hay repeticiones de tres símbolos colocados en el mismo orden, apareciendo el 8 en último lugar. Si descubrimos tales repeticiones, así dispuestas, lo más probable es que representen la palabra *the.* Al buscarlas descubrimos nada menos que siete de estas series, con los signos ;48. Podemos suponer, por tanto, que ; representa la *t,* 4 la *h,* y 8 la *e,* quedando así confirmada esta última equivalencia. Por tanto, se ha dado un gran paso.

»Pero, habiendo afianzado esta sola palabra, podemos ahora establecer un punto enormemente importante, es decir, el comienzo y terminación de otras palabras. Tomemos como referencia, por ejemplo, la combinación ;48 en su penúltima instancia, casi al final del código. Sabemos que el ; que aparece inmediatamente es el comienzo de una palabra, y de los seis caracteres que suceden a este «the» conocemos no menos de cinco. Escribamos, pues, estas equivalencias, dejando un espacio para lo que ignoramos:

t eeth

»Aquí podemos descartar en seguida la *th* por no formar parte de la palabra que empieza con la primera *t;* puesto que al experimentar con el abecedario entero en busca de una letra adecuada para el espacio libre, advertimos que no se puede crear ninguna palabra en la que esta *th* tome parte. Nos vemos reducidos, pues, a

t ee,

y, al volver a probar con el abecedario entero, si es necesario, como antes, llegamos a la palabra *tree* (árbol) como la única lectura posible. Ganamos así otra letra, la *r,* representada por el signo (, con las palabras «the tree» en yuxtaposición.

»Si rebasamos estas palabras, poco después volvemos a ver la combinación ;48, que empleamos como terminación de lo que precede inmediatamente. Tenemos así la combinación:

the tree ;4(‡?34 the,

o, sustituyendo los signos por las letras que se conozcan, se lee lo siguiente:

the tree thr‡?3h the.

»Ahora, si en el lugar de los signos desconocidos dejamos espacios, o los sustituimos por puntos, leeremos:

the tree thr. . .h the

de tal forma que la palabra *through* (por, a través) resulta evidente en seguida. Pero este descubrimiento nos proporciona tres letras nuevas, *o, u,* y *g,* representadas por ‡, ? y 3.

»Examinando ahora detenidamente el código para buscar combinaciones de signos conocidos, encontramos no muy lejos del principio la siguiente serie:

83(88, es decir, *egree*

que, obviamente, es la conclusión de la palabra *degree* (grado), y que nos depara otra letra, la *d,* representada por †.

»Cuatro letras después de la palabra *degree* observamos la combinación

;46(;88*.

Traduciendo los caracteres conocidos, y representando los desconocidos mediante puntos, como antes, leeremos:

th rtee,

una serie que inmediatamente sugiere la palabra *thirteen* (trece), y que nos proporciona dos nuevos caracteres, *i* y *n,* representados por 6 y *.

»Recurriendo ahora al comienzo del criptograma, hallamos la combinación

53‡‡†.

»Al traducirla como hasta ahora obtenemos

. good,

lo que nos asegura que la primera letra es *A,* y que las dos primeras palabras son *A good* (un buen, una buena).

»Ha llegado el momento de organizar nuestra clave, según lo descubierto, en forma tabular, para evitar la confusión. Será como sigue:

5	significa	a
†	»	d
8	»	e
3	»	g
4	»	h
6	»	i
*	»	n
‡	»	o
(	»	r
;	»	t

»Tenemos, por tanto, las equivalencias de diez de las letras más importantes, y no es necesario continuar dando la solución en detalle. Ya he dicho bastante para convencerle de que las claves semejantes a ésta son fáciles de solucionar y darle una idea sobre la lógica de su desarrollo. Pero tenga en cuenta que el modelo que nos ocupa pertenece a una de las formas más sencillas de la criptografía. Ahora sólo me queda aportarle la traducción completa de los signos del pergamino aún no resueltos. Es ésta:

Un buen vidrio en la hostería del obispo en la silla del diablo a cuarenta y un grados y trece minutos al nornordeste tronco principal séptima rama lado este tirad por el ojo izquierdo de la calavera una línea recta desde el árbol por el tiro a quince metros de distancia.»

—Pero el enigma sigue sin tener visos de resolución —dije yo—. ¿Cómo es posible hallar un sentido a toda esa jerigonza sobre «sillas del diablo», «calaveras» y «hosterías del obispo»?

—Confieso —respondió Legrand— que a estas alturas el asunto resulta complicado a primera vista. Lo primero que intenté fue partir la frase según la división natural proyectada por el criptógrafo.

—¿Se refiere a puntuarla?

—Algo semejante.

—Pero, ¿cómo consiguió llevarlo a cabo?

—Observé que el autor había escrito adrede las palabras juntas, sin división entre ellas, para aumentar la dificultad de hallar la solución. Ahora bien, un hombre no muy perspicaz es casi seguro que se excederá en su empeño. Cuando en el transcurso de su composición llegue a un cambio de asunto que requiera una pausa o un punto, es del todo presumible que arrime mucho los signos, poniéndolos más juntos que en otros lugares. En nuestro caso, si observa usted el manuscrito detectará con facilidad cinco de dichos apiñamientos. Basándome en esta pista, hice la división de la siguiente manera:

Un buen vidrio en la hostería del obispo en la silla del diablo — a cuarenta y un grados y trece minutos — al nornordeste — tronco principal séptima rama lado este — tirad por el ojo izquierdo de la calavera — una línea recta desde el árbol por el tiro a quince metros de distancia.

—Incluso esta partición me deja perplejo —le dije.

—A mí también me tuvo varios días perplejo —contestó Legrand— mientras recorría a conciencia los alrededores de la isla de Sullivan, en busca de un edificio conocido por el nombre de «hotel del Obispo», prescindiendo, por supuesto, de la obsoleta palabra *hostería*. Al no obtener información alguna sobre el asunto, estaba a punto de ampliar la superficie de mi búsqueda y proceder de una manera más sistemática cuando una mañana me vino a la cabeza repentinamente la noción de que la hostería del obispo, en inglés *Bishop's Hostel,* podría tener relación con una rancia familia llamada Bessop que desde tiempos inmemoriales tiene una casa solariega a unos seis kilómetros al norte de la isla. Así pues, fui a las plantaciones y reanudé mis pesquisas entre los negros más viejos del lugar. Por fin una de las mujeres de más edad dijo haber oído hablar de un sitio llamado el castillo de Bessop al que creía poder guiarme, pero añadió que no era un castillo, ni un mesón, sino una roca muy alta.

»Ofrecí pagarle bien por su ayuda y, aunque se hizo de rogar, consintió en acompañarme hasta allí. Lo encontramos sin demasiada dificultad y procedí a examinarlo tras despedirme de ella. El "castillo" consistía en un conjunto irregular de acantilados y rocas, de las cuales una era bastante notable por su altura además de su aspecto aislado y artificial. Trepé a su cima y me sentí verdaderamente desconcertado en cuanto a lo siguiente que debía hacer.

»Mientras seguía ocupado en esta reflexión, mis ojos se posaron sobre un estrecho saliente en la cara oriental de la roca, más o menos a un metro por debajo de la cima en que me encontraba. Este reborde sobresalía unos cuarenta y cinco centímetros y no medía más de treinta centímetros de ancho, pero una oquedad en el muro de roca le daba una tosca semejanza con una de las sillas de respaldo cóncavo que usaban nuestros antepasados. No me cupo duda de que aquélla era la "silla del diablo" a que aludía el manuscrito, y me pareció comprender de golpe el secreto del enigma.

»Sabía que el "buen vidrio" sólo podía referirse a un catalejo, pues los marinos sólo usan la palabra inglesa *glass,* vidrio, con este sentido. Pero comprendí de inmediato que era un catalejo a emplear desde un lugar concreto, sin admitir variación. Tampoco dudé en aceptar que las expresiones "cuarenta y un grados y trece minutos" y "nornordeste" eran indicaciones para la orientación del catalejo. Muy emocionado ante estos descubrimientos, volví a casa en seguida, conseguí un catalejo y regresé a la roca.

»Me dejé caer sobre el saliente y vi que sólo era posible sentarse en él en una determinada postura, cosa que confirmó mi suposición. Así pues, procedí a usar el catalejo. Por supuesto, los "cuarenta y un grados y trece minutos" sólo podían aludir a una elevación sobre el horizonte visible, ya que la dirección horizontal estaba claramente indicada por la palabra "nornordeste". Esta última indicación la establecí en seguida mediante una brújula de bolsillo; después, apuntando el catalejo a discreción lo más cerca a un ángulo de cuarenta y un grados de elevación que pude, lo moví con cuidado de arriba abajo, hasta que me llamó la atención un orificio o apertura circular en el follaje de un árbol grande cuya altura, visto desde lejos, superaba la del resto. En el centro de esta oquedad observé un punto blanco, pero al principio no logré distinguir lo que era. Enfocando el catalejo, volví a mirar y me di cuenta de que era una calavera humana.

»Ante este descubrimiento fui tan ingenuo como para considerar resuelto el enigma, ya que la frase "tronco principal, séptima rama, lado este" sólo podía referirse a la posición de la calavera sobre el árbol, mientras que "tirad desde el ojo izquierdo de la calavera" tampoco admitía más que una interpretación, referente a la búsqueda de un tesoro escondido. Comprendí que la intención era dejar caer una bala desde el ojo izquierdo de la calavera y que la "línea recta" o, en otras palabras, una línea trazada desde el punto más cercano al tronco pasando por "el tiro" (o el lugar donde cayera la bala) y prolongada desde allí hasta una distancia de quince metros, indicaría un punto preciso; y bajo este punto me pareció al menos posible que se hallara oculto un depósito de valor.»

—Todo esto está perfectamente claro —dije yo—, y aun siendo ingenioso, es sencillo y explícito. Entonces, al abandonar el hotel del obispo, ¿qué ocurrió?

—Pues bien, habiéndome asegurado cuidadosamente de la ubicación del árbol, me encaminé a casa. En el preciso instante en que abandoné la "silla del diablo", no obstante, la apertura circular desapareció y no pude volver a verla, por muchas vueltas que di. Lo más ingenioso de todo este asunto es el hecho (constatado mediante numerosos experimentos) de que la apertura circular en cuestión no sea visible desde ningún otro punto de mira más que el proporcionado por el estrecho saliente de la pared de roca.

»En esta expedición al hotel del obispo me acompañó Júpiter, que sin duda venía observando desde hacía varias semanas mi conducta ensimismada y se cuidaba mucho de no dejarme solo. Pero al día siguiente me levanté muy pronto y logré escapar de él, marchándome al monte en busca del árbol. Con mucho esfuerzo lo encontré y al llegar esa noche a casa, mi criado estuvo a punto de darme una paliza. En cuanto al resto de la aventura, creo que la conoce usted tan bien como yo.»

—Supongo —dije— que en el primer intento de excavación no halló el lugar por la necedad de Júpiter al dejar caer el escarabajo desde el ojo derecho y no el izquierdo de la calavera.

—Precisamente. Este error produjo una diferencia de unos seis centímetros en el «tiro», es decir, en la posición de la estaca más cercana al árbol; y si el tesoro hubiera estado debajo del «tiro», el error habría tenido poca trascendencia; pero el «tiro», junto con el lugar más cercano del árbol, eran simplemente dos puntos para el establecimiento de una línea de dirección. Por supuesto el error, por muy trivial que fuera en un principio, aumentó a medida que prolongábamos la línea, y al llegar a los quince metros nos había hecho perder la pista por completo. De no ser por mi profundo presentimiento de que el tesoro se hallaba enterrado en algún lugar cercano, toda nuestra labor podría haber resultado inútil.

—Pero su grandilocuencia, Legrand, y esa manera de balancear el escarabajo, ¡que cosa tan extraña!, yo estaba convencido de que se había vuelto loco. ¿Y por qué insistió en dejar caer el escarabajo, en vez de sacar una bala de la recámara?

—Pues, si le soy sincero, me fastidiaban bastante sus evidentes sospechas en cuanto a mi salud mental y decidí castigarle a mi manera con un toque de sutil misterio. Por eso balanceaba el escarabajo y por eso lo dejé caer del árbol. Un comentario suyo sobre lo mucho que pesaba me sugirió esta última idea.

—Ah, ya veo. Y ahora sólo queda un punto que no logro entender. ¿Cómo debemos interpretar los esqueletos que encontramos en el hoyo?

—De esa cuestión sé tan poco como usted. Sólo parece haber, sin embargo, una explicación plausible, y aun así es espantoso creer en la atrocidad que implicaría mi ocurrencia. Resulta obvio que Kidd (si fue él quien ocultó el tesoro, cosa que yo no dudo) tuvo que precisar ayuda para llevar a cabo su labor. Pero una vez concluida ésta, pudo considerar oportuno eliminar a todos aquellos que participaron de su secreto. Quizá bastaran un par de golpes con un azadón mientras sus ayudantes estaban ocupados en cavar el hoyo; o quizá hizo falta una docena. ¿Quién sabe?

LA CAÍDA DE LA CASA USHER

Son coeur est un luth suspendu;
Sitôt qu'on le touche il résonne.

DE BÉRANGER [1]

En el otoño del año, cuando las nubes pendían bajas en un cielo bochornoso, había pasado todo un día triste, oscuro y silente montando a caballo, solo, por una parte del país singularmente lúgubre, y al acercarse las sombras de la noche por fin vislumbré la melancólica Casa Usher. No sé cómo fue, pero apenas vi el edificio una sensación de tristeza insoportable invadió todo mi ser. Digo insoportable porque no lo aliviaba siquiera ese sentimiento, en parte agradable por lo poético, con que la mente suele recibir incluso las más adustas imágenes naturales de lo desolado o lo terrible. Miré la escena que tenía ante mí —la propia casa y los rasgos sencillos del paisaje de la región, los muros yermos, las ventanas como ojos vacíos, las escasas juncias crespas, los troncos dispersos de árboles podridos— con una depresión del ánimo tan grande que no puedo compararla adecuadamente a ninguna sensación terrena más que al despertar del trasnochador aficionado al opio, a ese amargo regreso a la vida cotidiana, esa atroz caída del

---

1 El lema, extraído de *Le Refus,* de Pierre Jean de Béranger, significa: «Su corazón es un laúd suspendido. Cuando alguien lo toca, resuena». *(N. de la T.)*

velo. Era una frialdad, un decaimiento, una pesadumbre en el corazón, un insalvable desconsuelo de la mente que ningún acicate de la imaginación podía trocar en forma alguna de lo sublime. ¿Qué era —me detuve a pensar—, qué era lo que tanto me perturbaba en la contemplación de la Casa Usher? Se trataba de un misterio del todo insoluble; pero no lograba contener las tenebrosas fantasías que me invadían mientras cavilaba. Me vi obligado a recurrir a la insatisfactoria conclusión de que si bien existen indudablemente combinaciones de objetos naturales muy simples que tienen el poder de afectarnos así, el análisis de dicho poder se halla entre las consideraciones que quedan fuera de nuestro alcance. Era posible, reflexioné, que una diferencia en la mera disposición de los elementos de la escena, de los detalles del cuadro, fuera suficiente para modificar o quizá incluso anular su capacidad de suscitar una impresión desoladora; y, apoyándome en esta idea, guié a mi caballo hasta la escarpada orilla de un lago negro y ominoso que reposaba su brillo imperturbable junto a la casa; pero con un estremecimiento aún más sobrecogedor que antes, posé la mirada sobre la imagen reflejada e invertida de la juncia gris, y los troncos fantasmagóricos, y las ventanas como ojos vacíos.

A pesar de todo, en esta mansión de penumbra me proponía pasar una estancia de varias semanas. Su propietario, Roderick Usher, había sido uno de mis amigos del alma siendo niños, aunque habían pasado muchos años desde nuestro último encuentro. Sin embargo, a cierto lugar lejano del país me había llegado una carta —una carta suya—, que por su tono exasperadamente apremiante no admitía otra respuesta que el acto de presencia. El manuscrito denotaba su agitación nerviosa. El escritor hablaba de una aguda dolencia corporal, de un desorden mental que le angustiaba y de un profundo deseo de verme por ser su mejor y, en efecto, su único amigo íntimo, con miras a valerse de mi alegre compañía para aliviar en algo su malestar. La manera en que se decía todo esto y mucho más, el aparente cariño que acompañaba a su petición, no me dejaron lugar para la duda; y, por consiguiente, obedecí de inmediato lo que seguía considerando una convocatoria del todo singular.

Aunque siendo niños habíamos tenido una gran intimidad, lo cierto era que yo sabía bien poco de mi amigo. Tenía por costumbre mostrarse excesivamente reservado. Yo sabía, sin embargo, que su antiquísima familia era conocida desde tiempo inmemorial por una peculiar sensibilidad de temperamento manifestada a lo largo de los años en notables obras de arte, y, más recientemente, en repetidos actos de caridad pródiga pero discreta, así como en una apasionada devoción a los pormenores de la ciencia musical, más que a sus cualidades ortodoxas y fácilmente reconocibles. Conocía también el hecho verdaderamente memorable de que la estirpe de los Usher, por muy consagrada que estuviera, no había generado nunca una rama duradera; en otras palabras, que la familia entera formaba parte de la línea de descendencia directa, cosa que, con variaciones muy transitorias e insignificantes, siempre había sido así. Esta carencia, pensé mientras revisaba mentalmente la perfecta armonía entre el carácter de la propiedad y el carácter atestiguado de sus moradores, especulando sobre la posible influencia de ésta sobre aquéllos a lo largo de tantos siglos, quizá esta carencia de ramas colaterales y la consiguiente transmisión ininterrumpida del patrimonio y el apellido de padre a hijo, hubiera finalmente identificado ambos hasta aunar el nombre antiguo de la finca con el pintoresco y equívoco nombre de Casa Usher[2], que parecía incluir, para los campesinos que lo usaban, tanto la familia como la mansión familiar.

Ya he dicho que el mero efecto de mi experimento algo pueril —el de mirar en el estanque— había ahondado aquella primera impresión tan peculiar. No cabe duda de que tener conciencia del veloz aumento de mi superstición —¿por qué no

---

2 *Usher* significa ujier o empleado subalterno. *(N. de la T.)*

llamarlo así?— sirvió sobre todo para acelerar dicho aumento. Tal es, lo sé de antiguo, la paradójica ley de todos los sentimientos que tienen como principio el terror. Y pudo haber sido por esta sola razón que cuando volví a alzar la mirada de la imagen del estanque a la casa propiamente dicha, me vino a la mente una extraña fantasía, tan ridícula, de hecho, que la menciono sólo para mostrar la profunda fuerza de las sensaciones que tanto me angustiaban. Desatada la imaginación, había llegado a creer que la mansión y la finca compartían con la inmediata vecindad una atmósfera propia, una atmósfera que no tenía afinidad alguna con el aire del cielo, sino que brotaba de los árboles carcomidos, de los muros sombríos y del estanque silencioso, un vapor pestilente y místico, denso, pesado, claramente visible y de color plomizo.

Despejando mi espíritu de lo que por fuerza sería un sueño, examiné más detenidamente el verdadero aspecto del edificio. Su principal característica parecía ser una excesiva antigüedad. La decoloración producida por los años había sido enorme. Una capa de hongos diminutos cubría todo el exterior, colgando del alero en una fina maraña. Pero todo aquello no suponía un desmoronamiento excesivo. No había caído parte alguna de la construcción; y parecía haber una misteriosa incongruencia entre la perfecta conjunción de las partes y el deterioro de cada piedra en sí. Me recordaba mucho a esa engañosa robustez de la madera corroída durante años en un sótano abandonado, sin recibir el soplo del aire de afuera. No obstante, quitando este indicio de una importante descomposición, la estructura daba pocas señales de inestabilidad. El ojo de un observador minucioso quizá hubiera reparado en una grieta apenas visible que, extendiéndose desde el tejado del edificio por la fachada, se abría camino pared abajo, en zigzag, hasta perderse en las sombrías aguas del estanque.

Mientras me fijaba en estas cosas, cabalgué por un corto terraplén hasta la casa. Un sirviente que aguardaba tomó mi caballo, y entré en la bóveda gótica del vestíbulo. Desde allí, un criado de andares sigilosos me condujo en silencio por numerosos pasillos oscuros y enrevesados al gabinete de su amo. Mucho de lo que encontré en el camino contribuyó, no sé bien cómo, a avivar los confusos sentimientos que ya he mencionado. Si bien los enseres que me rodeaban —los techos tallados, los sombríos tapices de las paredes, la negrura del ébano de los suelos y los fantasmagóricos trofeos blasonados que resonaban a mi paso— eran elementos a los que, en alguna de sus variantes, yo estaba acostumbrado desde la infancia, y aunque no tardé en reconocer lo familiar que me era todo aquello, me asombraba lo insólito de las fantasías que aquellas imágenes corrientes provocaban en mí. En una de las escaleras me encontré con el médico de la familia. La expresión de su rostro, pensé, era una combinación de astucia mezquina y perplejidad. Muy agitado, se topó conmigo y siguió su camino. El criado abrió una puerta de par en par y me dejó en presencia de su amo.

La habitación en que me hallé era muy grande y espaciosa. Las ventanas largas, estrechas y puntiagudas, se encontraban a una distancia tan grande del suelo de roble negro que eran del todo inaccesibles desde el interior. Unos pálidos rayos de luz carmesí se abrían paso a través de los cristales enrejados y servían para dar suficiente nitidez a los objetos más prominentes que allí había; sin embargo, los ojos procuraban en vano alcanzar los ángulos más lejanos de la estancia, o los huecos del techo abovedado y esculpido. De las paredes colgaban unos cortinajes oscuros y el mobiliario general era abundante, incómodo, antiguo y destartalado. Había desperdigados numerosos libros e instrumentos musicales que no lograban dar vivacidad alguna a la escena. Me parecía respirar un aire cargado de tristeza. Una desolación austera, profunda e irremediable lo envolvía y penetraba todo.

Al verme entrar, Usher se levantó de un sofá donde había estado tumbado cuan largo era y me recibió con un entusiasmo cordial que tenía mucho, pensé en un principio, de cordialidad excesiva, del esfuerzo obligado del hombre de mundo ya *ennuyé*. Una mirada a su rostro, sin embargo, me convenció de su absoluta sinceridad. Nos sentamos y, durante unos instantes, mientras estuvo sin hablar, lo observé con una mezcla de compasión y asombro. ¡Nunca jamás se había visto cambiar tanto un hombre, en tan poco tiempo, como Roderick Usher! Tuve que esforzarme para hacer coincidir la identidad del macilento ser que tenía delante con la del compañero de mi temprana mocedad. Aun así, el carácter de su rostro había sido siempre extraño. Una tez cadavérica; ojos grandes, líquidos e incomparablemente luminosos; labios más bien finos y muy pálidos, pero con una curvatura asombrosamente bella; la nariz delicada, de tipo hebreo, aunque con una anchura de fosa poco común en modelos similares; un mentón bien torneado que revelaba, por su falta de prominencia, la falta de convicción moral; el cabello de una suavidad y delicadeza casi mayor que la seda; todos estos rasgos, junto con el enorme tamaño de la región frontal, constituían un semblante difícil de olvidar. Pero ahora, la mera exageración del carácter esencial de esas facciones y de su expresión habitual habían producido un cambio tan grande que llegué a dudar de con quién hablaba. La ya fantasmagórica palidez de la piel y el extraordinario brillo de los ojos fueron lo que más me asombró e incluso sobrecogió. Además, el pelo sedoso crecía a su antojo y parecía flotar más que caer en torno a la cara, por lo que, dada su textura de gasa, me costaba mucho, incluso haciendo un esfuerzo, relacionar su aspecto arabesco con la humanidad más básica.

En la conducta de mi amigo vi al punto una incoherencia, una inconsistencia; y pronto descubrí que procedía de una serie de intentos débiles y vanos de sobreponerse a su continuada ansiedad, a su excesiva agitación nerviosa. Cierto es que ya me esperaba algo semejante, no sólo por su carta, sino por las reminiscencias de ciertos rasgos juveniles y por las conclusiones deducidas de su peculiar hechura física y su temperamento. Sus gestos eran tan pronto alegres como hoscos. Su voz pasaba velozmente de una indecisión trémula (momento en que el ánimo parecía completamente suspenso) a esa especie de concisión enérgica, esa forma de hablar abrupta, grave, pausada y hueca; a esa pronunciación plomiza, equilibrada y perfectamente modulada que se ve en el borracho consumado o el opiómano impenitente durante los periodos de mayor excitación.

Fue así como me habló del motivo de mi visita, de su sincero deseo de verme y del consuelo que esperaba de mí. Abordó con cierta verbosidad lo que consideraba la naturaleza de su enfermedad. Era, dijo, un mal constitutivo y familiar para el que buscaba con desesperación un remedio; una mera afección nerviosa, añadió en seguida, que indudablemente pasaría pronto. Se manifestaba en una multitud de sensaciones anormales. Varias de ellas, cuando las detalló, me interesaron y desconcertaron, aunque quizá los términos médicos y el estilo general del relato tuvieran su peso. Padecía enormemente de una agudeza mórbida de los sentidos; apenas soportaba aun la comida más insípida; podía llevar únicamente ropa de cierta textura; el perfume de cualquier flor le resultaba agobiante; hasta la luz más tenue le torturaba los ojos; y sólo ciertos sonidos peculiares, siempre procedentes de instrumentos de cuerda, no le inspiraban horror.

Le hallé esclavo absoluto de una especie anómala de terror.

—Moriré —dijo—. Por fuerza me ha de matar esta locura deplorable. Así, así y no de otro modo me perderé. Tengo pavor a los sucesos del futuro, no en sí mismos, sino en sus resultados. Siento escalofríos sólo de pensar en cualquier incidente, incluso el más trivial, que pueda actuar sobre esta intolerable agitación del alma. Así y todo, no temo al peligro salvo en su versión última, el terror. En esta turbación, en esta condición lamentable, pienso que tarde o temprano llegará el momento en que deba abandonar vida y razón a un tiempo, en mi lucha con este horrible fantasma, el Miedo.

Conocí asimismo, a intervalos y por indicios fragmentados y equívocos, otro rasgo singular de su condición mental. Estaba dominado por ciertas nociones supersticiosas relativas al edificio que habitaba y del que durante muchos años no se había aventurado a salir, supersticiones relativas a una influencia cuya supuesta energía se comunicaba en términos demasiado sombríos para repetirlos aquí; una influencia que ciertas peculiaridades propias de la forma y sustancia de su mansión familiar habían ejercido sobre su espíritu, decía él, a fuerza de soportarlas durante tanto tiempo; un efecto que la condición física de los muros y las torretas grises y el oscuro estanque en que todo ello se reflejaba, había finalmente producido en la condición moral de su existencia.

Admitía, sin embargo, aunque con cierta vacilación, que una gran parte de la peculiar tristeza que le afligía podía deberse a un origen más natural y mucho más palpable: a la grave y prolongada enfermedad, es decir, a la desaparición evidentemente próxima de una hermana tiernamente querida, su sola compañía durante muchos años, su única y última pariente en la tierra. Su muerte, dijo con una amargura que nunca podré olvidar, lo convertiría (a él, el afligido y el frágil) en el último de la rancia estirpe de los Usher. Mientras hablaba, lady Madeline (que así se llamaba) pasó lentamente por una parte lejana de la estancia y, sin apercibirse de mi presencia, desapareció. La miré con un gran asombro no desprovisto de temor y, sin embargo, me era imposible explicar dichos sentimientos. Al seguir con la mirada sus pasos alejándose me angustió una profunda sensación de estupor. Cuando al fin una puerta se cerró tras ella, mis ojos buscaron instintiva y ansiosamente el rostro del hermano, pero éste había hundido la cara entre las manos y sólo pude percibir que una palidez mayor a la habitual cubría los dedos demacrados por entre los que goteaban abundantes y apasionadas lágrimas.

La enfermedad de lady Madeline había burlado durante mucho tiempo la ciencia de sus médicos. Una apatía permanente, una debilidad gradual del cuerpo y frecuentes aunque transitorios accesos de carácter parcialmente cataléptico, conformaban el extraño diagnóstico. Hasta entonces ella había soportado con entereza la carga de su enfermedad, sin llegar a guardar cama, pero al caer la tarde el día de mi llegada a la casa, sucumbió (como me dijo su hermano ya de noche con una inefable agitación) al poder aplastante del destructor, y supe que la visión fugaz de la dama sería probablemente la última que yo tendría, que nunca más la volvería a ver, al menos en vida.

Durante los días posteriores, ni Usher ni yo mencionamos su nombre; y en este periodo me dediqué con todo mi afán a procurar aliviar la melancolía de mi amigo. Pintábamos y leíamos juntos; o yo escuchaba, como en un sueño, las misteriosas improvisaciones de su elocuente guitarra. Y así, a medida que una creciente intimidad me admitía casi sin reparos en los recovecos de su alma, iba yo percibiendo con una amargura cada vez mayor la vacuidad de todo intento de alegrar un ánimo que emanaba oscuridad, cual si fuera un atributo positivo e inherente, sobre todos los objetos del universo moral y físico, en un incesante efluvio tenebroso.

Siempre tendré presente el recuerdo de las muchas horas solemnes que pasé a solas con el amo de la Casa Usher. Sin embargo, fracasaría en todo intento de dar una idea sobre el carácter exacto de los estudios u ocupaciones que compartió conmigo o cuyo camino me mostró. Una idealidad apasionada y verdaderamente desquiciada parecía cubrirlo todo con un brillo sulfúreo. Sus largos e improvisados cantos fúnebres resonarán para siempre en mis oídos. Entre otras cosas, conservo dolorosamente en la memoria aquella singular amplificación y perversión del extravagante aire del último vals de Von Weber. De las pinturas en que se entretenía su ardua imaginación y cuya vaguedad aumentaba con cada pincelada, vaguedad que me producía escalofríos tanto más intensos cuanto que no conocía su causa; de aquellas pinturas (cuyas imágenes veo ahora tan claras como si las tuviera delante) me sería inútil intentar mostrar más que la pequeña porción perteneciente al terreno de las meras palabras escritas. Por su absoluta simplicidad, la desnudez de sus diseños cautivaba la atención y subyugaba. Si hubo hombre mortal capaz de pintar una idea, ese hombre fue Roderick Usher. A mi modo de ver —y en las circunstancias que entonces me rodeaban—, brotaba allí, entre las puras abstracciones que aquel hipocondríaco lograba desparramar sobre el lienzo, un sobrecogimiento de una intensidad intolerable, cuya sombra no había sentido jamás, ni siquiera en la contemplación de las fantasías de Fuseli, sin duda resplandecientes pero demasiado concretas.

Una de las nociones fantasmagóricas de mi amigo, no tan exacerbada en su espíritu de abstracción, puede esbozarse, aunque tenuemente, en palabras. Aquel pequeño cuadro representaba el interior de una bóveda inmensamente larga y rectangular, con muros bajos, lisos, blancos, sin interrupción ni adorno alguno. Ciertos motivos accesorios del diseño lograban dar la idea de que esta excavación se hallaba a una enorme profundidad bajo la superficie de la tierra. No se observaba saliente alguno en toda su amplia extensión, ni se distinguía una antorcha u otra fuente de luz artificial; sin embargo, un haz de luz intensa lo inundaba todo y bañaba el conjunto en un esplendor mortecino e inadecuado.

He hablado ya de esa afección mórbida del nervio auditivo que hacía intolerable toda música para el paciente, a excepción de los efectos de ciertos instrumentos de cuerda. Quizá los estrechos límites en que por ello se confinó con la guitarra fueran los que originaron, en gran medida, el carácter fantástico de sus obras. Pero la ardiente facilidad de sus *impromptus* no era tán fácil de explicar. Debían de ser, y eran (tanto la música como la letra de sus extrañas fantasías, pues no pocas veces se acompañaba de improvisaciones verbales rimadas), el resultado de ese intenso recogimiento y concentración mental a que ya he aludido, evidente sólo en ciertos momentos de la más elevada excitación mental. La letra de una de aquellas rapsodias la recuerdo con facilidad. Quizá me impresionó más al oírle recitarla precisamente porque en la corriente interna o mística de su designio me pareció percibir, por primera vez, la plena conciencia por parte de Usher de que su encumbrada razón vacilaba sobre su trono. Los versos, que llevaban por título *El palacio encantado,* decían poco más o menos así:

En el más verde valle,
do moran los mismos ángeles,
se alzaba un palacio señor
de un singular esplendor.
¡En el reino del rey Pensamiento,
se erguía ha tiempo!
Y jamás batió alas un serafín
sobre lar tan gentil.

Gloriosos pendones amarillos,
ondeaban áureos en los tejados
(todo esto sucedió antaño,
hace muchos, muchos años);
y con el aire que deleitaba
aquellas dulces jornadas
por las almenas albinas
un perfume alado corría.

Quien el feliz valle atravesaba
veía por dos claras ventanas
espíritus al son bailar
de un laúd musical,
en torno a un trono esbelto
donde (¡porfirogéneto!)
con la pompa merecida
rey el reino tenía.

Alhaja de rubí y perlas
era del palacio la puerta
por do fluía un raudal,
brillando a más brillar,
de Ecos, cuyo dulce afán
no era sino cantar
con voz de belleza sin ley
el genio e ingenio de su rey.

Mas seres de siniestro vestir
el reino yermaron en día vil.
(¡Ah, lloremos, pues no habrá
más albas claras, sólo pesar!)
Y en torno al palacio, la gloria
que con rubor florecía
yace vaga en la memoria
de aquellos sepultos días.

Hoy, quien al valle torna
por las ventanas rojas,
ve siluetas extravagantes
bailar melodías discordantes,
y cual río funesto y veloz
sale de la pálida puerta
un gentío de carcajada atroz
pues la sonrisa es ya muerta.

Recuerdo bien que las nociones surgidas de esta balada nos llevaron a una concatenación de ideas entre las cuales se manifestó una opinión de Usher que menciono no por su novedad (pues otros hombres han pensado lo mismo), sino a propósito de la obstinación con que la defendió. Esta opinión, en líneas generales, afirmaba la sensibilidad de todos los seres vegetales. Pero en su desordenada imaginación la idea había adquirido un carácter más audaz e invadía, bajo ciertas condiciones, el reino de lo inorgánico. Me faltan palabras para expresar el verdadero alcance o desenfreno de su convicción. La creencia, sin embargo, tenía que ver (como ya he sugerido) con las piedras grises de la casa de sus antepasados. Las condiciones aptas para la sensibilidad se daban allí, imaginaba él, en el método de colocación de aquellas piedras, en el orden de su disposición, así como en los abundantes hongos que las cubrían y los árboles marchitos que tenían alrededor, pero, sobre todo, en la larga e intacta duración de este orden y de su reduplicación en las mansas aguas del estanque. Su demostración

—la demostración de esa sensibilidad— podía verse (y aquí me estremecí al oírle) en la gradual pero patente condensación de una atmósfera propia en torno a las aguas y los muros. El resultado era discernible, añadió, en esa silenciosa pero importuna y terrible influencia que durante siglos había conformado el destino de su familia, habiendo hecho de él lo que yo estaba viendo, lo que él era. Dichas opiniones no precisan de comentario, y ninguno haré.

Nuestros libros —los libros que durante años constituyeron una parte no desdeñable de la existencia mental del enfermo— estaban, como podrá suponerse, en estricta armonía con este carácter quimérico. Juntos leímos detenidamente obras tales como el *Ver-vert et Chartreuse* de Gresset; el *Belfegor* de Maquiavelo; *Del Cielo y del Infierno* de Swedenborg; el *Viaje subterráneo de Nicolás Klim,* de Holberg; la *Quiromancia* de Robert Flud, de Jean d'Indaginé y de De la Chambre; el *Viaje a la distancia azul* de Tieck; y la *Ciudad del Sol* de Campanella. Uno de nuestros volúmenes preferidos era una edición en octavo menor del *Directorium inquisitorium* del dominico Eymeric de Gironne, y había pasajes de Pomponio de Mela sobre los legendarios sátiros y egipanes africanos, con los que Usher pasaba horas soñando. Su mayor placer, sin embargo, era la lectura atenta de un libro en cuarto y letra gótica ciertamente raro y curioso —el manual de una iglesia caída en el olvido—, las *Vigiliæ Mortuorum secundum Chorum Ecclesiæ Maguntiæ.*

No pude por menos de fijarme en el insólito ritual de esta obra y en su probable influencia sobre mi hipocondríaco amigo cuando, una noche, tras participarme repentinamente que lady Madeline había dejado de existir, Roderick manifestó la intención de conservar el cuerpo durante quince días (antes de su posterior entierro), en una de las numerosas criptas situadas entre los muros del edificio. Sin embargo, la mundana razón que adujo para este extraño proceder no me animó a oponerme. El hermano había llegado a esta decisión (así me lo dijo) teniendo en cuenta el carácter insólito de la enfermedad de la difunta, ciertas preguntas molestas y pertinaces por parte de sus médicos, y la situación distante y poco protegida del cementerio familiar. No negaré que al recordar el rostro tétrico de la persona con quien me crucé en la escalera el día de mi llegada a la casa, no puse empeño alguno en oponerme a lo que consideré una precaución inofensiva y en absoluto extraña.

A petición de Usher, le ayudé personalmente en los preparativos para el sepulcro transitorio. Ya en su féretro, los dos solos llevamos el cuerpo a su lugar de descanso. La cripta donde lo depositamos (cerrada durante tanto tiempo que nuestras antorchas casi se apagaron en su atmósfera agobiante, dándonos apenas oportunidad de examinarla) era pequeña, húmeda y desprovista de toda entrada de luz, hallándose a gran profundidad, justamente bajo la parte de la casa que constituía mi propio dormitorio. Parecía ser que en épocas feudales había tenido la siniestra función de mazmorra, y en los últimos tiempos, de depósito para pólvora o alguna otra sustancia altamente combustible, ya que una sección del suelo y todo el interior del pasillo abovedado que hacía de entrada estaban cuidadosamente revestidos de cobre. La puerta de hierro macizo tenía una protección semejante. Su gran peso producía un chirrido extraordinariamente agudo al moverse sobre los goznes.

Una vez depositada nuestra fúnebre carga sobre unos caballetes dispuestos en aquella región del horror, retiramos parcialmente la tapa del ataúd, aún sin atornillar, y observamos la cara de su ocupante. Una sorprendente similitud entre el hermano y la hermana fue lo primero que me llamó la atención; y Usher, adivinando quizá mis pensamientos, murmuró unas palabras por las que me enteré de que la muerta y él habían sido gemelos y que entre ellos siempre habían existido afinidades de una naturaleza casi incomprensible. Nuestras miradas, sin embargo, apenas se posaron en la muerta, pues no podíamos contemplarla sin espanto. La enfermedad que llevó a la dama a la tumba en lo más granado de su juventud había dejado, como es frecuente en todas las enfermedades de rigurosa naturaleza cataléptica, el remedo de un leve rubor en pecho y rostro, y en los labios esa escabrosa sonrisa cuya tenacidad resulta tan terrible en la muerte. Volvimos a poner en su sitio y atornillar la tapa y, cerrando bien la puerta de hierro, emprendimos con pesadumbre el camino hacia las no menos lúgubres estancias de la parte superior de la casa.

Y entonces, transcurridos varios días de amargo dolor, hubo un cambio visible en las trazas del desorden mental de mi amigo, que abandonó su proceder habitual. Sus costumbres quedaron relegadas u olvidadas. Vagaba de aposento en aposento con paso apresurado, desigual, sin rumbo. La palidez de su rostro había adquirido, por imposible que pudiera parecer, un matiz aún más mortecino, pero la luminosidad de sus ojos había desaparecido del todo. En su voz no volvió a escucharse aquella ocasional ronquera, y un balbuceo trémulo, como de terror sumo, solía caracterizar su manera de hablar. De hecho, hubo momentos en que pensé que su mente siempre agitada se enfrentaba a la tortura de un secreto angustioso, y que pugnaba por reunir el suficiente valor para revelarlo. Otras veces, en cambio, me veía obligado a atribuirlo todo a los inexplicables caprichos de la locura, pues le veía contemplar el vacío durante horas, en una actitud de la más profunda atención, como si escuchara algún sonido imaginario. No era de extrañar que su estado, aun dándome terror, me emponzoñara. La lenta pero segura influencia de sus supersticiones, tan quiméricas como poderosas, había invadido todo mi ser.

Fue al retirarme a mis aposentos el séptimo u octavo día después de dejar a lady Madeline en la mazmorra, ya avanzada la noche, cuando estos sentimientos me afectaron con toda su fuerza. No quiso el sueño acercarse a mi lecho mientras las horas se desgranaban una tras otra. Procuré razonar para defenderme del nerviosismo que me dominaba. Intenté convencerme de que mucho, si bien no todo lo que notaba se debía al desconcierto que me producían los lúgubres enseres de la habitación, los oscuros y raídos cortinajes que el aliento de una incipiente tormenta obligaba a moverse, meciéndolos a rachas de un lado a otro de las paredes, haciendo crujir de forma inquietante los arreos de la cama. Pero mis esfuerzos fueron en vano. Un temor irrefrenable me invadió el cuerpo y en mi corazón se posó un íncubo tan pavoroso como infundado. Ahuyentándolo entre aspavientos, me incorporé sin resuello sobre las almohadas y al escudriñar con cuidado la profunda oscuridad de la estancia, presté oído —ignoro por qué, salvo que medió una fuerza instintiva— a unos sonidos ahogados e imprecisos que llegaban en las pausas de la tormenta, con largos intervalos, no sé de dónde. Sobrecogido por un profundo sentimiento de horror, inexplicable pero insoportable, me vestí a toda prisa (pues sabía que no iba a dormir más esa noche) y procuré salir del lamentable estado en que había caído, paseando con rapidez de un lado a otro de la habitación.

Así había dado unas pocas vueltas cuando un paso ligero sobre la escalera contigua me llamó la atención. En seguida reconocí el paso de Usher. Un instante después llamaba con nudillos sigilosos a mi puerta y entraba con una lámpara. Su rostro tenía, como de costumbre, una palidez cadavérica, pero además había en sus ojos una especie de loca hilaridad, un histerismo evidentemente reprimido en toda su conducta. Su aspecto me espantó, pero todo era preferible a la soledad que llevaba tanto tiempo sufriendo, y hasta acogí su presencia con alivio.

—Pero ¿tú no lo has visto? —dijo abruptamente tras mirar a su alrededor en silencio durante unos instantes—. Entonces, ¿no lo has visto? Pues espera, que lo verás.

Dicho esto, y habiendo protegido su lámpara con cuidado, se precipitó hacia una de las ventanas de bisagra y la abrió de par en par a la tormenta.

La ráfaga entró con tal ímpetu furioso que casi nos levantó del suelo. Era, de hecho, una noche borrascosa pero de una sobria belleza, extrañamente singular en su terror y hermosura. Al parecer, un torbellino azotaba con fuerza nuestros contornos pues había alteraciones frecuentes y violentas en la dirección del viento, y la tremenda densidad de las nubes (tan bajas que se pegaban a las torrecillas de la casa) no nos impedía observar la velocidad con que colisionaban entre sí en todas las direcciones, como si estuvieran vivas, sin desaparecer a lo lejos. Ya digo que ni su tremenda densidad nos impedía observar todo esto, aunque no se veía ni un atisbo de la luna o las estrellas, ni destello de relámpago alguno. Pero las caras inferiores de las enormes masas de vapor agitado, así como todos los objetos terrestres más cercanos, brillaban con la luz poco natural de una emanación gaseosa tenue pero claramente visible que rodeaba y amortajaba la mansión.

—¡No debes mirar, no lo vas a ver! —dije a Usher, estremeciéndome al apartarle con cierta brusquedad de la ventana para llevarlo hacia una silla—. Estas apariencias que te engañan son sólo fenómenos eléctricos corrientes, o quizá tengan su origen siniestro en el miasma pútrido del estanque. Cerremos esta ventana; el aire es gélido y peligroso para tu salud. He aquí una de tus novelas preferidas. Yo leeré y tú me escucharás, y así pasaremos juntos esta noche terrible.

El viejo volumen que había cogido era *Mad Trist,* de sir Launcelot Canning, pero lo había proclamado un favorito de Usher más por hacer una triste broma que en serio, pues poco había en su prolijidad vulgar y falta de imaginación, verdaderamente, que pudiera interesar a la espiritualidad elevada e idealista de mi amigo. Era, no obstante, el único libro que tenía a mano; y abrigué la vaga esperanza de que la excitación que en ese momento agitaba al hipocondríaco pudiera hallar alivio (pues la historia de los trastornos mentales está llena de anomalías semejantes) aun en el colmo de la necedad que yo iba a leerle. De haber juzgado, a decir verdad, por la extraña y tensa viveza con que escuchaba o parecía escuchar las palabras del relato, bien podía haberme felicitado por el éxito de mi propósito.

Había llegado a esa parte bien conocida de la historia en que Ethelred, el héroe del *Trist,* tras pretender entrar de buena fe en la morada del eremita, procede a irrumpir por la fuerza. Aquí, como se recordará, las palabras de la historia son éstas:

«Y Ethelred, que tenía por naturaleza un corazón generoso, y se hallaba además fortalecido por obra del fuerte vino que había bebido, no aguardó a convenir con el eremita que, por cierto, era de temperamento terco y malvado; y, apenas sintió la lluvia en los hombros, temiendo el estallido de la tormenta, alzó raudo el mazo y a golpes hendió las tablas de la puerta para meter su mano guarnecida, y tirando con fuerza tronchó, quebró y partió todo en pedazos de manera tal que el ruido de la madera seca y hueca retumbó por el bosque, colmándolo de espanto.»

Al terminar esta frase me asusté, y por un instante me detuve, pues parecía (aunque en seguida concluí que mi excitada imaginación me había engañado) que de alguna parte muy remota de la mansión llegaba vagamente a mis oídos lo que podía ser, por su exacta semejanza, el eco (aunque ahogado y sordo, en verdad) del mismo crujido y quebranto que sir Launcelot describía con tanto detalle. Era, sin duda, sólo la coincidencia lo que había llamado mi atención, pues entre el crujir de los marcos de las ventanas y la amalgama de ruidos propios de una tormenta aún naciente, el sonido en sí no podía tener nada como para interesarme o distraerme. Proseguí con la historia:

«Pero el buen campeón Ethelred atravesó el umbral y grandes fueron su furia y su asombro al no acechar ni rastro del malvado eremita y hallar allí, en su lugar, un dragón de prodigioso porte, cubierto de escamas y con lengua de fuego, que hacía guardia sentado ante un palacio de oro con suelos de plata, en cuyo muro colgaba un escudo de bronce reluciente con esta leyenda:

Quien aquí entró, sea conquistador;
Quien mate al dragón, este escudo ganó.

»Y Ethelred levantó su mazo y golpeó la cabeza del dragón, que cayó a sus pies y dio su último apestado suspiro con un chillido tan horrible y escabroso, y penetrante en demasía, que el campeón se tapó de buena gana los oídos con las manos para no escuchar el espantoso ruido, tal como jamás se había oído hasta entonces.»

Aquí me detuve otra vez bruscamente y con un sentimiento de turbado asombro, pues no podía dudar de que en este caso sí había oído (aunque me era imposible decir de qué dirección procedía) un grito o chirrido sordo y aparentemente lejano, pero truculento, prolongado y verdaderamente insólito, la exacta réplica de lo que mi imaginación ya había atribuido al grito sobrenatural del dragón, tal como lo describía el novelador.

Angustiado como sin duda estaba desde la segunda y más extraordinaria coincidencia, por mil sensaciones contradictorias entre las que prevalecían un enorme asombro y terror, tuve, sin embargo, la suficiente presencia de ánimo para no excitar, con observación alguna, el nerviosismo susceptible de mi compañero. No era nada seguro que hubiese advertido el susodicho ruido, aunque en los últimos minutos se había producido, ciertamente, una extraña alteración en su apariencia. Desde su posición frente a mí había ido girando su silla poco a poco, hasta sentarse cara a la puerta del aposento, de manera que sólo mostraba sus facciones parcialmente, aunque noté que le temblaban los labios como si murmuraran algo inaudible. Tenía la cabeza caída sobre el pecho, pero supe que no estaba dormido por un ojo tenso, muy abierto, que vi al echarle una mirada de perfil. El movimiento de su cuerpo también contradecía esta idea, pues se mecía de un lado a otro con un balanceo suave, pero constante y uniforme. Tras advertir todo esto en pocos instantes, reaunudé el relato de sir Launcelot, que proseguía así:

«Y entonces el campeón, libre de la terrible furia del dragón, paró mientes en el escudo de bronce cuyo encantamiento había él roto, y, apartando el cadáver que le cerraba el paso, caminó valiente sobre el suelo de plata del castillo hasta donde colgaba en la pared el escudo, que no esperó por cierto su llegada sino que cayó a sus pies sobre el suelo de plata con un enorme, terrible y poderoso estruendo.»

Apenas habían salido de mis labios estas palabras cuando percibí —como si en ese momento un escudo de bronce hubiera caído con todo su peso sobre un suelo de plata— un eco claro, retumbante, metálico y fuerte, aunque en apariencia sofocado. Verdaderamente inquieto, me levanté de un salto, pero el acompasado vaivén de Usher no se interrumpió. Me precipité hacia la silla en que estaba sentado. Sus ojos miraban fijos hacia delante y en todo su rostro reinaba una rigidez pétrea. Al ponerle una mano en el hombro un fuerte estremecimiento recorrió su cuerpo entero, una sonrisa mórbida le agitó los labios y vi que hablaba con un murmullo bajo, apresurado y balbuciente, como si no advirtiera mi presencia. Inclinándome para pegarme a él, pude alcanzar el aciago significado de sus palabras.

—¿No oyes? Yo sí lo oigo, y lo he oído. Desde hace ya tiempo, durante muchos, muchos, muchos minutos, muchas horas, muchos días lo he oído, pero no me atrevía, pobre de mí, desventurado que soy, no me atrevía, ¡no me atrevía a hablar! *¡La hemos metido viva en la tumba!* ¿No te dije que tengo una sensibilidad muy aguda? Ahora te digo que la oí empezar a moverse débilmente en la callada tumba. La oí hace muchos, muchos días, pero no me atrevía, ¡no me atrevía a hablar! ¡Y ahora, esta noche, Ethelred, ja, ja, la puerta rota del eremita y el grito del dragón moribundo y el fragor del escudo! ¡Digamos, mejor, el desgarro de su tumba y el chirriar de los goznes de hierro de su mazmorra y su afán por salir del pasillo encobrado de la cripta! ¡Ay! ¿Adónde habré de huir? ¿No vendrá ella pronta? ¿No se apresura ya a reprenderme por mis prisas? ¿No he escuchado sus pasos en la escalera? ¿No distingo el pesado y horrible latido de su corazón? ¡Insensato! —y aquí se levantó de un salto, furioso y chilló estas sílabas, como en un esfuerzo por entregar su alma—: *¡Insensato! ¡Te digo que está del otro lado de la puerta!*

Como si la energía sobrehumana de su voz tuviera la fuerza de un hechizo, los enormes y vetustos batientes que Usher señalaba abrieron despacio, en ese instante, sus robustas mandíbulas de ébano. Fue obra de la fuerte corriente de aire, pero allí, del otro lado de la puerta estaba, en efecto, la alta y amortajada figura de lady Madeline Usher. Había sangre en sus vestiduras blancas, y señales de recia lucha en cada parte de su cuerpo demacrado. Por un momento permaneció temblorosa y oscilante en el umbral; luego, con un gemido ronco, cayó hacia dentro, sobre el cuerpo de su hermano, y en su violenta agonía final lo arrastró al suelo ya cadáver, víctima de los terrores que él mismo había anticipado.

Huí aterrado de aquel aposento, y de aquella mansión. La tormenta seguía descargando toda su furia cuando me hallé cruzando el desgastado terraplén. De pronto iluminó el camino una intensa luz y me volví para ver de dónde podía venir tan extraño destello, pues a mis espaldas sólo tenía la gran casa y sus sombras. El resplandor venía de la luna llena, aún baja y de color rojo sangre, brillando ahora por esa grieta apenas perceptible que yo había visto extenderse en zigzag desde el tejado del edificio hasta la base. Mientras la contemplaba, la grieta se ensanchó veloz y, al pasar una fuerte ráfaga del torbellino, todo el orbe del satélite irrumpió de pronto ante mis ojos y se me nubló el entendimiento al ver desmoronarse los poderosos muros. Hubo un largo y tumultuoso clamor como la voz de miles de aguas y a mis pies el profundo y pútrido estanque se cerró sombrío y silencioso sobre los restos de la Casa Usher.

LOS CRÍMENES DE LA CALLE MORGUE

> Qué canción cantarían las sirenas, o qué nombre pudo usar Aquiles al ocultarse entre las mujeres, aun siendo asuntos de difícil resolución, no están más allá de toda conjetura.
>
> SIR THOMAS BROWNE

Los rasgos del intelecto estimados como analíticos son en sí mismos poco susceptibles de análisis. Sólo los apreciamos en sus resultados. Sabemos de ellos, entre otras cosas, que para quien los posee en abundancia son fuente del más placentero entretenimiento. Tal como el hombre fuerte se regocija de su fuerza física y disfruta con aquellos ejercicios que requieren el empleo de sus músculos, al analista le complace esa actividad espiritual que consiste en *desentrañar.* Obtiene placer incluso con las actividades más triviales, siempre que pongan en juego su talento. Gusta de los enigmas, las adivinanzas, los jeroglíficos, y al solucionar cada uno de ellos muestra un grado de perspicacia que al entendimiento corriente le resulta sobrenatural. Sus resultados, fruto del mismísimo espíritu o esencia del método, tienen de hecho todo el aire de una intuición.

La facultad de resolución posiblemente se vea muy fortalecida por el estudio de las matemáticas y, sobre todo, por su rama más alta que, injustamente y sólo debido a sus operaciones retrógradas, se ha dado en llamar análisis, como si se tratara del análisis por excelencia. Pero calcular no es en sí mismo analizar. Un jugador de ajedrez, por ejemplo, hace lo primero sin esforzarse en lo segundo. Sucede que el ajedrez, en cuanto a sus efectos sobre el carácter intelectual, no se aprecia en su justa medida. No escribo aquí un tratado; me limito a prologar un relato algo peculiar con ciertas observaciones verdaderamente circunstanciales; aprovecharé por ello la oportunidad para afirmar que las más altas dotes reflexivas se ponen a prueba mejor y más beneficiosamente con el discreto juego de las damas que con toda la complicada frivolidad del ajedrez. En este último, donde todas las piezas tienen movimientos distintos y extravagantes, con valores variados y variables, lo que sólo es complejo se confunde (error muy común) con lo profundo. La atención es aquí un elemento absolutamente necesario. Si flaquea un solo instante, se cometerá un descuido, con el consiguiente perjuicio o derrota. Siendo los posibles movimientos no sólo múltiples, sino enrevesados, las posibilidades de tales descuidos se multiplican; y en nueve casos de cada diez es el jugador más concentrado, y no el más agudo, quien triunfa. En las damas, por el contrario, donde el movimiento único ofrece pocas variaciones, las posibilidades de distracción disminuyen y la atención adquiere una importancia comparativa menor, por lo que las ventajas obtenidas por cada uno de los adversarios proceden de una perspicacia superior. Siendo menos abstractos, supongamos una partida de damas en que las piezas se limiten a cuatro y donde, por supuesto, no quepa esperar ningún descuido. Es evidente que aquí la victoria sólo podrá decidirse (si los jugadores tienen igual capacidad) mediante un movimiento rebuscado, procedente de un gran esfuerzo intelectual. Sin contar con los recursos más comunes, el analista penetra en la mente de su adversario, se identifica con él, y con frecuencia ve de una sola ojeada las únicas estrategias (a menudo absurdamente sencillas) que le permiten engatusar al otro hasta hacerle fallar o precipitarle hacia el error de cálculo.

Hace tiempo que el *whist*[1] es conocido por su influencia sobre lo que se ha denominado la facultad del cálculo, y a varios hombres del más elevado intelecto les ha producido un placer indescriptible, mientras tachaban el ajedrez de frívolo. Sin duda no existe nada semejante que ponga de tal modo a prueba la facultad analítica. El mejor jugador de ajedrez de la cristiandad sólo puede ser el mejor ajedrecista, pero tener talento para el *whist* implica una capacidad para triunfar en todas las demás empresas importantes donde la mente se enfrenta con la mente. Cuando digo talento me refiero a esa perfección en el juego que incluye una comprensión de todas las posibilidades de obtener una legítima ventaja. Éstas no son sólo múltiples, sino multiformes, y a menudo se ocultan en recovecos del pensamiento completamente inaccesibles para el pensamiento común. Observar con atención es recordar con claridad y, hasta cierto punto, el ajedrecista concentrado jugará muy bien al *whist,* mientras las reglas de Hoyle (basadas en el mero mecanismo del juego) sean lo bastante comprensibles de una manera general. Por tanto, el hecho de tener una buena memoria retentiva y de jugar «según el manual» son los elementos comúnmente considerados como la suma del buen juego. Pero es al sobrepasar los límites de la mera norma donde se manifiesta la pericia del analista. En silencio, hará un sinfín de observaciones y deducciones. Lo mismo, quizá, hagan sus compañeros; y el mayor o menor alcance de la información obtenida no estará tanto en la validez de la deducción como en la calidad de la observación. Lo necesario es saber qué conviene observar. Nuestro jugador no se pone ningún límite; ni tampoco, dado que su propósito es el juego, rechaza deducciones procedentes de fuentes ajenas al juego. Examina el rostro de su compañero, comparándolo cuidadosamente con el de cada uno de sus oponentes. Considera el modo de colocar los naipes de cada uno, a menudo contando uno por uno los

---

1 Juego de naipes de origen inglés, conocido desde el siglo XVIII y precursor del bridge, en que cuatro participantes se enfrentan por parejas. *(N. de la T.)*

triunfos y las cartas bajas por la forma en que las miran sus poseedores. Advierte cada variación de rostro a medida que avanza la partida, reuniendo un caudal de ideas según las diferencias de expresión correspondientes a la certeza, la sorpresa, el triunfo, o la decepción. Por la manera de llevarse una baza juzga si la persona que la gana será capaz de repetirla en el mismo palo. Reconoce la jugada fingida por el aire con que se dejan caer las cartas en la mesa. Una palabra casual o distraída; una carta que cae o se descubre sin querer con la consiguiente ansiedad o despreocupación al procurar ocultarla; el recuento de las bazas y el orden de su colocación; la vergüenza, la duda, la impaciencia o la turbación; todo ello proporciona a su percepción, considerada intuitiva, indicaciones sobre el verdadero estado del asunto. Habiendo jugado las primeras dos o tres manos, está plenamente al tanto de las cartas de cada uno, y desde ese momento usa las propias con tanta precisión como si los demás jugadores hubieran vuelto las suyas boca arriba.

El poder analítico no debe confundirse con el simple ingenio, pues mientras el analista es necesariamente ingenioso, el hombre ingenioso resulta a menudo excepcionalmente incapaz de analizar. La capacidad constructiva o combinatoria con que se suele manifestar el ingenio, y a la que los frenólogos (opino que por error) han asignado un órgano separado, considerándola una facultad primordial, se ha observado tan a menudo en personas cuyo intelecto rozaba la idiotez, que ha convocado la atención general de los estudiosos del carácter. Entre el ingenio y la capacidad analítica existe una diferencia mucho mayor, de hecho, que entre la fantasía y la imaginación, pero de naturaleza estrictamente análoga. Cabe observar, de hecho, que los ingeniosos siempre poseen mucha fantasía, mientras que los verdaderamente imaginativos no son sino analistas.

El siguiente relato supondrá para el lector algo semejante a un comentario de los enunciados que anteceden.

Pasé en París la primavera y parte del verano de 18—, y fue allí donde conocí a un hombre llamado monsieur C. Auguste

Dupin. Este joven caballero era de una familia excelente, y hasta ilustre, pero una serie de circunstancias adversas lo habían reducido a tal pobreza que la energía de su carácter sucumbió ante la desgracia, y acabó por retirarse del mundo, sin ocuparse de recuperar su fortuna. Gracias a la gentileza de sus acreedores seguía teniendo en su poder una pequeña parte de su patrimonio, y con la renta que esto le producía lograba, con una austera economía, procurarse las necesidades elementales de la vida, sin atender a lo superfluo. De hecho, su único lujo eran los libros, que en París son fáciles de conseguir.

Nuestro primer encuentro tuvo lugar en una oscura librería de la rue Montmartre, donde la casualidad de andar ambos en busca del mismo libro, un volumen rarísimo y excepcional, nos hizo estrechar la amistad. Volvimos a vernos una y otra vez. A mí me interesaba mucho la pequeña historia familiar que Dupin me detallaba con el candor que siempre embarga a un francés al hablar de sí mismo. Me asombró también la enorme amplitud de sus conocimientos; pero, sobre todo, me llegaron a lo más profundo del alma el impetuoso fervor y la viva frescura de su imaginación. Dado lo que yo buscaba entonces en París, pensé que la compañía de un hombre así sería un tesoro inestimable, y se lo dije abiertamente. Al fin acordamos vivir juntos durante mi estancia en la ciudad y, siendo mis circunstancias materiales algo menos apremiantes que las suyas, se me permitió alquilar y amueblar, en un estilo que convenía a la melancolía algo fantasiosa de nuestro temperamento común, una mansión añeja y grotesca, abandonada por supersticiones que no indagamos y a punto de derrumbarse en una parte aislada y solitaria del Faubourg Saint-Germain.

De haber sabido el mundo la rutina de nuestra vida en aquel lugar, se nos habría tomado por locos, aunque quizá por locos inofensivos. Nuestro aislamiento era perfecto. No admitíamos visitas. De hecho, la dirección de nuestro retiro era un secreto celosamente oculto de mis demás conocidos, y hacía ya años que Dupin había dejado de tratar o dejarse ver por las gentes de París. Vivíamos sólo para nosotros.

Mi amigo sí tenía la extravagancia (¿qué otro nombre darle?) de estar enamorado de la noche como tal, y de esta *bizarrerie,* como de todas las otras suyas, participé sin rechistar, entregándome a sus disparatados caprichos con total abandono. La negra divinidad no siempre había de morar con nosotros, pero podíamos remedar su presencia. Al llegar las primeras luces del alba cerrábamos los grandes postigos de nuestro viejo caserón y encendíamos un par de velas muy perfumadas que apenas daban una luz tenue y mortecina. Con su ayuda consagrábamos nuestras almas a la ensoñación, leyendo, escribiendo o conversando hasta que el reloj nos prevenía la llegada de la Oscuridad verdadera. Salíamos entonces a las calles, tomados del brazo, a seguir con la conversación del día o callejear sin descanso hasta altas horas, buscando, entre las macabras luces y sombras de la poblada ciudad, esa inagotable excitación mental que puede proporcionar la observación silenciosa.

En tales momentos no podía yo por menos de advertir y admirar (aunque dada la riqueza de su imaginación cabía esperarlo) el peculiar talento analítico de Dupin. Además, parecía entusiasmarle ejercitarlo —no tanto exhibirlo— y confesaba sin reparos el placer que le producía. Fanfarroneaba, riéndose entre dientes, de ver a la mayoría de los hombres como si llevaran una ventana abierta en el pecho, y solía rematar estas afirmaciones con pruebas llanas y sorprendentes de su profundo conocimiento de mí. Su actitud en dichas ocasiones era fría y abstrusa; tenía la mirada perdida mientras su habitual voz de tenor subía a un tiple que habría parecido petulante si no hablara de forma tan pausada y precisa. Al observarle en este estado, a menudo me venía a la cabeza la antigua creencia en un alma bipartida y me divertía pensar en la idea de un Dupin doble: el creador y el solvente.

No se vaya a pensar, por lo dicho, que estoy reseñando un misterio o escribiendo una novela. Cuanto he contado de mi amigo el francés era sencillamente obra de una inteligencia exaltada o quizá enferma. Pero un ejemplo nos dará una idea más clara del carácter de sus comentarios durante los susodichos periodos.

Paseábamos una noche por una calle larga y sucia, en los alrededores del Palais Royal. Ocupados ambos en nuestros pensamientos, llevábamos al menos quince minutos sin pronunciar una sola sílaba. Inesperadamente, Dupin irrumpió con estas palabras:

—Es un hombrecillo muy pequeño, eso es verdad, y estaría mejor en el *Théâtre des Variétés.*

—No cabe duda alguna de ello —contesté involuntariamente, sin haber advertido en un principio (tan absorto estaba en mis reflexiones) la extraordinaria forma en que Dupin se había acomodado al hilo de mi pensamiento. En seguida me di cuenta, quedándome profundamente asombrado.

—Dupin —dije con gravedad—, esto me resulta incomprensible. No miento si le digo que estoy asombrado y que apenas doy crédito a mis sentidos. ¿Cómo es posible que haya sabido que yo estaba pensando en —?

Aquí me detuve para esclarecer sin lugar a dudas si realmente sabía en quién estaba yo pensando.

—En Chantilly —dijo él—. ¿Por qué se queda callado? Estaba usted diciéndose a sí mismo que con tan pequeña estatura, Chantilly no es apto para la tragedia.

Éste era precisamente el asunto de mis reflexiones. Chantilly, otrora zapatero remendón de la rue Saint-Denis, al apasionarse por el teatro había intentado hacer el papel de Jerjes en la tragedia homónima de Crébillon, recibiendo su empeño una pasquinada tremenda.

—Por el amor de Dios —exclamé—, dígame el método, si es que lo hay, que le ha permitido adentrarse en mi alma hasta tal punto.

De hecho, estaba aún más asombrado de lo que hubiera querido reconocer.

—Fue el frutero —contestó mi amigo— quien le hizo llegar a la conclusión de que el remendón de suelas no tenía suficiente estatura para el Jerjes *et id genus omne*[2].

---

[2] Y todo lo concerniente. *(N. de la T.)*

—¡El frutero! ¡Me asombra usted! ¡Yo no conozco a ningún frutero!

—El hombre que tropezó con usted al tomar esta calle, hará unos quince minutos.

Recordé entonces que, ciertamente, un frutero con un enorme cesto de manzanas en la cabeza había estado a punto de tirarme al suelo sin querer, al pasar de la rue C— a la calle en que estábamos ahora; aunque no lograba entender qué tenía aquello que ver con Chantilly.

Pero Dupin no tenía ni un ápice de charlatanería.

—Se lo explicaré —me dijo—, y para que pueda entenderlo bien, primero vamos a remontar el curso de sus meditaciones desde el momento en que yo le he hablado hasta el encuentro con el tal frutero. Los grandes eslabones de la cadena son éstos: Chantilly, Orión, el doctor Nichols, Epicuro, la estereotomía, las baldosas de la calle, el frutero.

Existen pocas personas que, en algún momento de su vida, no se hayan entretenido en desandar los pasos por los cuales han llegado a una conclusión concreta. Tal ocupación está con frecuencia llena de interés y quien la emprende por vez primera se asombra ante la distancia e incoherencia, aparentemente ilimitadas, entre el punto de partida y la meta. ¡Cuál no sería mi asombro al oír las palabras que acababa de pronunciar Dupin y tener que reconocer que eran ciertas!

—Si mal no recuerdo —continuó él—, habíamos estado hablando de caballos justamente al salir de la rue C—. Fue el último asunto que tratamos. Al cruzar hacia esta calle, un frutero con un enorme cesto en la cabeza pasó andando de prisa a nuestro lado y le empujó a usted sobre un montón de baldosas que había en una parte de la calle que estaba en obras. Pisó usted una de las losas sueltas, resbaló, se torció levemente el tobillo; esto le indignó o fastidió, pues murmuró unas palabras, se volvió a mirar las baldosas y siguió andando en silencio. Yo no estaba particularmente atento a sus actos, pero en los últimos tiempos la observación se ha convertido para mí casi en una necesidad.

»Mantuvo usted los ojos fijos en el suelo, mirando atento y malhumorado los agujeros y baches de la calzada (por lo que supe que seguía pensando en las piedras), hasta que llegamos al callejón llamado Lamartine, que han empedrado a modo de experimento con esos adoquines superpuestos y remachados. Aquí se le iluminó el rostro y al verle mover los labios supe con certeza que murmuraba la palabra "estereotomía", término aplicado muy pretenciosamente a este tipo de calzada. Sabía que usted no podría decir "estereotomía" sin acabar pensando en átomos y pasar de ahí a las teorías de Epicuro; y como al discutir este asunto con usted no hace mucho le mencioné cuán curioso y poco reconocido era que las vagas conjeturas de aquel noble griego se hayan visto confirmadas en la reciente cosmogonía de las nebulosas, presentí que no podría usted evitar alzar los ojos hacia la gran nebulosa de Orión, y di por hecho que lo haría. En efecto, miró usted hacia arriba, y entonces supe que había seguido correctamente sus pasos. Pero en la amarga diatriba sobre Chantilly que aparecía en el *Musée* de ayer, el crítico, al hacer unas lamentables alusiones al cambio de nombre del zapatero antes de calzarse el coturno, cita un verso latino del que hemos hablado a menudo. Me refiero a la frase:

Perdidit antiquum litera prima sonum[3].

»Yo le había dicho que esto se refería a Orión, que en un tiempo se escribió Urión; y por cierta acritud que surgió en torno a esta explicación, estaba seguro de que usted no la habría olvidado. Me parecía evidente, por tanto, que no dejaría de asociar las dos ideas de Orión y Chantilly. Que así fue lo supe por la sonrisa que se le dibujó en los labios. Pensaba usted en la inmolación del pobre zapatero. Hasta ese momento se había encorvado al andar, pero de pronto le vi erguirse en

---

3 La primera letra destruye el antiguo sonido. *(N. de la T.)*

toda su estatura. Supe entonces que estaba meditando sobre la diminuta figura de Chantilly. Y en aquel instante interrumpí sus meditaciones para comentar que al ser, en efecto, un hombre muy bajo, le iría mejor en el *Théâtre des Variétés.*»

Poco después de este episodio, estábamos leyendo una edición vespertina de la *Gazette des Tribunaux* cuando los siguientes párrafos nos llamaron la atención:

«EXTRAÑOS ASESINATOS.—Esta madrugada, hacia las tres, los habitantes del *quartier* de Saint-Roch vieron interrumpido su sueño por una sucesión de gritos espantosos procedentes al parecer del cuarto piso de una casa en la rue Morgue, que se sabe ocupada sólo por una tal madame l'Espanaye y su hija, mademoiselle Camille l'Espanaye. Con cierto retraso debido al intento infructuoso de entrar en la vivienda, se forzó la puerta con una palanca y entraron ocho o diez vecinos acompañados de dos gendarmes. Para entonces los gritos habían cesado, pero cuando el grupo ascendía a toda prisa el primer tramo de la escalera, se oyeron dos o más voces furiosas que discutían violentamente y que parecían venir de la parte superior de la casa. Al llegar al segundo rellano, estas voces cesaron y todo quedó en absoluto silencio. El grupo se separó y los vecinos empezaron a recorrer las habitaciones a toda prisa. Al llegar a una gran alcoba trasera en el cuarto piso (cuya puerta, cerrada con la llave por dentro, tuvo que forzarse) los allí presentes vieron un espectáculo que les produjo tanto horror como asombro.

»El aposento se hallaba en el mayor desorden, los muebles partidos y desperdigados por doquier. Sólo había una cama, cuyo colchón estaba tirado en mitad del suelo. Encima de una silla había una navaja manchada de sangre. En la chimenea se veían dos o tres mechones largos y tupidos de cabello humano de color gris, también empapados en sangre, y que parecían haber sido arrancados de raíz. Esparcidos por el suelo se hallaron cuatro napoleones, un pendiente de topacio, tres cucharas grandes de plata, tres más pequeñas de *métal d'Alger* y dos bolsas que contenían casi cuatro mil francos en oro. Los cajones de una cómoda situada en un rincón parecían haberse abierto y saqueado, si bien conservaban numerosas pertenencias en su interior. Debajo de la cama (no del colchón) se descubrió una pequeña caja fuerte de hierro. Estaba abierta, con la llave aún puesta en la cerradura. No contenía nada, salvo unas cartas viejas y otros papeles de poca importancia.

»De madame l'Espanaye no se veía allí ni rastro, pero al descubrirse en la chimenea una insólita cantidad de hollín, se registró el cañón y apareció (¡qué horrible mención!) el cadáver de la hija, cabeza abajo, encajado en la estrecha abertura a bastante distancia. El cuerpo estaba aún caliente. Al examinarlo se observaron numerosas excoriaciones, sin duda producidas por la violencia con que se había encajado primero y desalojado después. El rostro mostraba numerosos arañazos profundos y la garganta tenía contusiones de color oscuro y marcas penetrantes de uñas, como si la víctima hubiera muerto estrangulada.

»Tras una minuciosa investigación de la casa, parte por parte, sin que apareciera nada nuevo, el grupo llegó a un pequeño patio empedrado en la parte posterior del edificio y allí yacía el cadáver de la anciana con tal hendidura en la garganta que, al intentar levantarla, la cabeza se desprendió. Cuerpo y cabeza estaban horriblemente mutilados, el primero tanto que apenas conservaba su apariencia humana.

»De este espantoso misterio no se ha descubierto todavía, al parecer, la más mínima pista.»

El periódico del día siguiente contenía los siguientes detalles adicionales:

«LA TRAGEDIA DE LA RUE MORGUE.—Se ha interrogado a numerosas personas en relación con este *affaire* tan horrible y asombroso» [la palabra "affaire" no tiene aún en Francia el matiz frívolo que nosotros le damos], «pero nada ha trascendido en absoluto que pueda arrojar algo de luz sobre él. A continuación proporcionamos las declaraciones obtenidas:

»*Pauline Dubourg,* lavandera, manifiesta que conocía desde hacía tres años a las dos fallecidas, de cuya colada se ocupó durante dicho tiempo. La anciana y su hija parecían llevarse bien, siendo muy cariñosas una con la otra. Pagaban muy bien. No sabe nada en cuanto a su modo o medios de vida. Creía que madame E. vivía de decir la buenaventura. Se decía que tenía dinero guardado. Nunca vio a otras personas en la casa al ir a buscar la ropa o devolver la colada. Estaba segura de que no tenían ningún criado. No creía que en la casa hubiera muebles, salvo en el cuarto piso.

»*Pierre Moreau,* vendedor de tabaco, declara que llevaba cuatro años vendiendo con regularidad pequeñas cantidades de tabaco y rapé a madame l'Espanaye. Nació en el barrio y siempre ha vivido en él. La fallecida y su hija ocupaban la casa donde se encontraron los cadáveres desde hacía más de seis años. Antes vivió en ella un joyero, que alquilaba las habitaciones de arriba a otras personas. La casa pertenecía a madame E., que, descontenta con el trato que daba su inquilino a la finca, la ocupó personalmente, negándose a alquilar parte alguna. La anciana era algo infantil. El testigo había visto a la hija unas cinco o seis veces en esos seis años. Ambas llevaban una vida muy retirada; se decía que tenían dinero. Había oído contar a los vecinos que madame E. decía la buenaventura, pero no lo creía. Nunca había visto entrar a nadie, salvo a la anciana y su hija, una o dos veces a un mozo, y a un médico en unas ocho o diez ocasiones.

»Muchas otras personas, vecinos, han dado testimonios parecidos. No se ha mencionado a nadie que frecuentara la casa. Se desconoce si madame E. y su hija tenían parientes vivos. Los postigos de las ventanas delanteras apenas se abrían. Las de atrás estaban siempre cerradas, salvo las de la gran habitación trasera del cuarto piso. Se trataba de una buena casa, no muy antigua.

»*Isidore Muset,* gendarme, declara que le llamaron sobre las tres de la madrugada y que, al llegar a la casa, halló a unas veinte o treinta personas reunidas en torno a la puerta, intentando entrar. Tuvo que forzarla; con una bayoneta, no con una palanca. Le costó poco abrirla, pues era una puerta plegable o de dos batientes, sin pestillos arriba ni abajo. Los chillidos se escucharon hasta abrirse la puerta, cuando cesaron de golpe. Parecían los gritos de una persona (o personas) sufriendo mucho dolor; eran gritos fuertes y prolongados, no breves y entrecortados. El testigo encabezó al grupo al subir las escaleras. Al llegar al primer rellano oyó dos voces que discutían a gritos y con saña; una voz era ronca; la otra, mucho más aguda, era muy extraña. Logró entender varias palabras de la primera voz, que era la de un hombre francés. Estaba seguro de que no se trataba de la voz de una mujer. Pudo distinguir las palabras *sacré* y *diable.* La voz aguda era de un extranjero. No podía afirmar si era de un hombre o una mujer. No entendió el idioma en que hablaba, pero creía que se trataba del español. El estado de la habitación y de los cuerpos lo describió este testigo de igual manera que ya hacíamos ayer.

»*Henri Duval,* vecino, de profesión platero, declara que estaba en el primer grupo que entró en la casa. Corrobora en general la declaración de Muset. En cuanto forzaron la puerta volvieron a cerrarla para mantener fuera al gentío, cada vez mayor pese a ser tan tarde. La voz aguda, según este testigo, era la de un italiano. Está seguro de que no era la voz de un hombre. Podía haber sido de una mujer. No conoce el idioma italiano. No logró distinguir las palabras, pero por la entonación está convencido de que quien hablaba era italiano. Conocía a madame E. y a su hija. Había conversado con ambas en muchas ocasiones. Estaba seguro de que la voz aguda no pertenecía a ninguna de las fallecidas.

»*Odenheimer,* restaurador. Este testigo se ofreció voluntariamente a declarar. Al no hablar francés, se le interrogó con un intérprete. Es originario de Amsterdam. Pasaba ante la casa en el momento de oírse los gritos, que duraron varios minutos, unos diez. Eran prolongados y sonaban muy fuerte, algo espantoso y triste. El testigo fue uno de los que entró en el edificio. Corrobora las declaraciones anteriores en todos los aspectos, salvo uno. Está seguro de que la voz aguda pertenecía a un hombre, a un francés. No pudo distinguir las palabras pronunciadas. Eran chillonas, entrecortadas y desiguales, dichas tanto con miedo como con furia. La voz, más que aguda, era áspera y cruel. No se podía calificar de aguda. La voz ronca dijo repetidamente *sacré, diable,* y una vez *mon Dieu.*

»*Jules Mignaud,* banquero, de la sociedad Mignaud et Fils, en la rue Deloraine. Es el mayor de los Mignaud. Madame l'Espanaye tenía propiedades y abrió una cuenta en su banco en la primavera del año — (ocho años antes). Hacía frecuentes depósitos de pequeñas sumas. No había retirado nada hasta tres días antes de su muerte, cuando sacó en persona la suma de cuatro mil francos. Esta cantidad se le pagó en oro y un empleado la llevó a su domicilio.

»*Adolphe Le Bon,* empleado de Mignaud et Fils, declara que el susodicho día, sobre las doce de la mañana, acompañó a madame l'Espanaye a su casa con los cuatro mil francos metidos en dos bolsas. Una vez abierta la puerta, apareció mademoiselle E. y le quitó de las manos una de las bolsas mientras la anciana se encargaba de la otra. Entonces él inclinó la cabeza para despedirse y se marchó. No vio a nadie en la calle en aquel instante. Es una calle pequeña, muy solitaria.

»*William Bird,* sastre, declara que formaba parte del grupo que entró en la casa. Es de nacionalidad inglesa. Lleva dos años en París. Fue uno de los primeros en subir las escaleras. Oyó las voces en plena discusión. La voz ronca era la de un francés. Distinguió varias palabras, pero ya no las recuerda todas. Oyó claramente *sacré* y *mon Dieu.* En ese momento se oyó un ruido de varias personas luchando, un forcejeo, como si arrastraran algo. La voz aguda sonaba muy alto, mucho más que la voz ronca. Está seguro de que no era la voz de un inglés. Parecía la de un alemán. Quizá fuera la voz de una mujer. El testigo no sabe alemán.

»Al ser llamados de nuevo, cuatro de los testigos arriba mencionados declararon que la puerta del aposento donde se encontró el cadáver de mademoiselle E. estaba cerrada por dentro cuando el grupo llegó. Había un silencio absoluto; ningún lamento, ni ruido de clase alguna. Al forzar la puerta no vieron a nadie. Las ventanas, tanto de la habitación delantera como de la posterior, estaban bajadas y bien aseguradas por dentro. La puerta entre ambas habitaciones se halló cerrada, pero no con pestillo. La puerta del cuarto delantero que daba al pasillo tenía la llave echada por dentro. Una pequeña habitación situada al principio del pasillo, dando a la fachada del cuarto piso, tenía la puerta abierta de par en par. Estaba abarrotada de camas viejas, cajas y demás. Todo ello se sacó y examinó cuidadosamente. No quedó ni un solo centímetro de la casa sin inspeccionar a conciencia. Se emplearon deshollinadores para recorrer las chimeneas de arriba abajo. La casa tiene cuatro pisos, con buhardillas o *mansardes.* Una trampilla que da al techo estaba firmemente clavada y no parecía haberse abierto en años. El tiempo transcurrido entre el oír las voces discutiendo y el lograr abrir la puerta de la habitación varía según los testigos. A algunos les parece tan poco como tres minutos; otros lo alargan a cinco. La puerta resultó difícil de abrir.

»*Alfonso Garcio,* enterrador, declara que vive en la rue Morgue. Es de nacionalidad española. Formaba parte del grupo que entró en la casa. No subió las escaleras. Es nervioso y temía las consecuencias de la agitación. Oyó las voces que discutían. La voz ronca era la de un francés. No logró distinguir lo que se decía. La voz aguda era la de un inglés, de eso está seguro. No entiende la lengua inglesa, pero lo juzga por la entonación.

»*Alberto Montani,* confitero, declara que fue de los primeros en subir las escaleras. Oyó las voces en cuestión. La más ronca era la voz de un francés. Pudo distinguir varias palabras. Quien hablaba parecía estar haciendo un reproche. No consiguió entender las palabras dichas por la voz aguda, que eran entrecortadas y desiguales. Cree que era la voz de un ruso. Corrobora el testimonio general. Es de nacionalidad italiana. Nunca ha hablado con un ciudadano de Rusia.

»Llamados de nuevo, varios testigos alegaron que las chimeneas de todas las habitaciones del cuarto piso eran demasiado estrechas para admitir el paso de un ser humano. Se pasaron deshollinadores de arriba abajo por todos los cañones de la casa. (Por "deshollinador" se entiende el cepillo cilíndrico que emplean quienes limpian las chimeneas.) No hay ningún pasillo trasero por el que pudiera haber bajado alguien mientras el grupo subía las escaleras. El cuerpo de mademoiselle l'Espanaye estaba tan encajado en la chimenea que no pudo sacarse hasta que cuatro o cinco personas unieron sus fuerzas.

»*Paul Dumas,* médico, declara que se le llamó al amanecer para examinar los cadáveres. Ambos yacían sobre el jergón de la cama de la habitación donde se halló a la mujer joven. El cadáver de mademoiselle E. estaba muy magullado y excoriado. El hecho de que lo hubieran empujado chimenea arriba bastaba para explicar estas señales. Tenía la garganta muy magullada. Bajo la barbilla aparecían varios arañazos profundos, junto con una serie de manchas lívidas evidentemente producidas por la presión de unos dedos. El rostro estaba espantosamente demacrado y los globos oculares sobresalían. La lengua había sido en parte arrancada a mordiscos. En la boca del estómago se descubrió una enorme contusión producida, al parecer, por la presión de una rodilla. Según la opinión del doctor Dumas, mademoiselle l'Espanaye murió estrangulada por una o varias personas.

»El cuerpo de la madre se hallaba horriblemente mutilado. Todos los huesos de la pierna y el brazo derechos estaban quebrados en mayor o menor grado. La tibia izquierda muy astillada, como todas las costillas del lado izquierdo. El cuerpo entero espantosamente magullado y demacrado. No era posible determinar la forma en que se habían infligido las heridas. Un palo de madera grande, una barra ancha de hierro, o una silla, cualquier instrumento grande, pesado y romo, en manos de un hombre muy fuerte, podía haber producido tales resultados. Ninguna mujer podía haber causado unas heridas semejantes, fuese con el arma que fuese. La cabeza de la fallecida, cuando la vio el testigo, estaba totalmente separada del cuerpo y también muy fracturada. Era evidente que para degollar la garganta se había empleado un instrumento muy afilado, probablemente una navaja.

»*Alexandre Etienne,* cirujano, fue convocado al mismo tiempo que el doctor Dumas para examinar los cuerpos. Corrobora el testimonio y las opiniones del doctor Dumas.

»No se ha obtenido ningún otro dato de importancia, a pesar de haberse interrogado a varias otras personas. En París jamás se había cometido un asesinato tan misterioso ni tan desconcertante en todos sus detalles; si es que verdaderamente se trata de un asesinato. La policía está del todo perpleja, cosa poco frecuente en asuntos de esta naturaleza. No parece haber, sin embargo, ni la más mínima pista.»

El periódico de la tarde afirmaba que seguía habiendo una gran agitación en el *quartier* de Saint-Roch, que habían vuelto a examinar cuidadosamente la finca en cuestión y de nuevo llamado a declarar a los testigos, pero todo en vano. Una apostilla, sin embargo, mencionaba que se había detenido y encarcelado a Adolphe Le Bon, aunque nada parecía incriminarle, más allá de los hechos anteriormente mencionados.

Dupin parecía particularmente interesado en el desarrollo de este asunto, o al menos eso juzgué por su conducta, pues no hizo ningún comentario. Fue sólo tras anunciarse que Le Bon había sido encarcelado cuando me pidió mi opinión sobre los asesinatos.

Me limité a dar la razón a París entero al considerarlos un misterio insoluble. No veía manera alguna de seguir la pista al asesino.

—No debemos —dijo Dupin— calibrar las posibilidades de esta investigación superficial. La policía parisina, tan alabada por su talento, es astuta, pero nada más. No emplean ningún método en sus procedimientos, más allá del método circunstancial. Hacen un gran despliegue, pero con frecuencia las medidas son tan poco adecuadas a sus objetivos que recuerdan a monsieur Jourdain cuando pedía su *robe de chambre... pour mieux entendre la musique*. Los resultados que obtienen son a menudo sorprendentes, pero en su mayoría se consiguen por simple diligencia y esfuerzo. Cuando no se dan estas condiciones, sus estrategias fallan. Vidocq, por ejemplo, tenía intuición y era perseverante. Pero, al carecer de un pensamiento metódico, se equivocaba siempre debido precisamente a la seriedad de sus investigaciones. Al mirar el objeto desde demasiado cerca, se cegaba. Quizá alcanzara a ver uno o dos puntos con singular claridad, pero de paso también perdía de vista el conjunto. Por tanto, existe la posibilidad de ser demasiado profundo. La verdad no está siempre en el fondo de un pozo. Es más, yo creo que es invariablemente superficial, al menos en cuanto a los conocimientos más importantes. La profundidad surge en los valles, donde la buscamos, y no en las cimas de los montes, donde la encontramos. La forma y el origen de tal error se evidencian en la contemplación de los cuerpos celestes. Al mirar una estrella de reojo, al mirarla de soslayo, volviendo hacia ella la parte externa de la retina (más sensible a las emanaciones luminosas débiles que la parte interna), se contempla la estrella con claridad, se distingue plenamente su brillo, un brillo que se apaga en proporción precisamente cuando la contemplamos de frente. Lo cierto es que el ojo recibe una mayor cantidad de luz en el segundo caso, pero en el primero la capacidad de aprehensión es más refinada. Con una profundidad excesiva el pensamiento se apabulla y debilita; y es posible hacer desaparecer del firmamento hasta a la mismísima Venus si la sometemos a un examen demasiado sostenido, concentrado y directo.

»En cuanto a estos asesinatos, hagamos un examen por nuestra cuenta antes de formarnos una opinión. Una indagación nos deparará diversión» [éste me pareció un término raro, aplicado al caso, pero no dije nada]. Además, Le Bon me prestó cierta vez un servicio por el que le estoy agradecido. Iremos a ver la casa por nosotros mismos. Conozco a G—, el prefecto de policía, y no me será difícil obtener el permiso necesario.»

Recibida la autorización, nos encaminamos de inmediato a la rue Morgue. Es una de esas callejas desastradas que transcurren entre la rue Richelieu y la rue Saint-Roch. Caía la tarde cuando llegamos, pues el barrio está a una gran distancia del nuestro de entonces. La casa fue fácil de encontrar, pues aún había muchas personas mirando en vano los postigos cerrados desde la acera de enfrente. Era una casa parisina corriente, junto a cuya puerta de entrada había una caseta de cristal esmerilado con una ventana corredera, correspondiente a la *loge du concierge.* Antes de entrar seguimos andando un trecho de la calle, tomamos por un callejón, y después, volviendo a torcer, pasamos por la parte trasera del edificio mientras Dupin examinaba el barrio entero, y la casa, con una minuciosidad cuyo objeto me resultaba imposible de adivinar.

Volviendo sobre nuestros pasos llegamos de nuevo a la fachada del edificio, llamamos al timbre y, tras enseñar nuestras credenciales, los agentes de guardia nos dieron paso. Subimos las escaleras hasta el aposento donde se había hallado el cuerpo de mademoiselle l'Espanaye, y donde aún yacían las dos fallecidas. El desorden del cuarto, como cabía esperar, se había respetado. No vi nada que no estuviera detallado en la *Gazette des Tribunaux.* Dupin lo inspeccionaba todo, sin exceptuar los cuerpos de las víctimas. Pasamos luego a las otras habitaciones y al patio, acompañados en todo momento de un gendarme. El examen nos llevó hasta caer la noche, cuando nos retiramos. De camino a casa mi amigo pasó por las oficinas de uno de los diarios parisinos.

He dicho ya que sus caprichos eran multitud, y que *je les ménageais* (para esta frase no existe traducción equivalente). En aquel momento prefirió rehusar toda conversación sobre el asunto de los asesinatos, hasta el día siguiente al mediodía. Entonces me preguntó, de repente, si yo había observado algo peculiar en la escena del atroz crimen.

Algo había en su manera de remarcar la palabra «peculiar» que me dio un escalofrío sin saber por qué.

—No, peculiar no —dije—. Es decir, nada que no hayamos visto los dos en el periódico.

—Me temo —contestó él— que la *Gazette* no ha sabido ver el insólito horror de este asunto. Pero olvidemos las opiniones triviales de ese periodicucho. Me da la impresión de que este misterio se considera insoluble precisamente por la misma razón que debería hacernos considerarlo de fácil solución; me refiero a lo *outré,* a lo extravagante de sus características. La policía está aturdida por la aparente ausencia de motivo, no por el asesinato en sí, sino por su atrocidad. También están perplejos ante la aparente imposibilidad de conciliar las voces que se oyeron discutir con el hecho de que arriba sólo se descubrió a la difunta mademoiselle l'Espanaye, y que era imposible abandonar la casa sin percibirlo el grupo que subía la escalera. El disparatado desorden de la habitación, el cadáver encajado cabeza abajo en la chimenea y la espantosa mutilación del cuerpo de la anciana, son consideraciones (unidas a las ya mencionadas y a otras que no preciso mencionar) que han bastado para paralizar a las autoridades, ofuscando por completo el tan alabado talento de los agentes del gobierno. Han caído en el error craso pero común de confundir lo insólito con lo abstruso. Pero precisamente al salir del terreno de lo ordinario es cuando la razón se abre camino, si puede ser, en su busca de la verdad. En las investigaciones como la que ahora nos ocupa, no se debería preguntar sólo «qué ha ocurrido», sino «qué ha ocurrido que no hubiera ocurrido jamás». De hecho, la facilidad con que yo llegue (o haya llegado ya) a la solución de este misterio está en clara proporción con su aparente insolubilidad a ojos de la policía.

Miré mudo de asombro a mi amigo.

—Estoy esperando ahora —continuó él, mirando hacia la puerta de nuestra estancia— a una persona que, aun no siendo el autor de estas carnicerías, ha tenido que verse de alguna manera implicado en su perpetración. Es probable que sea inocente de la parte más horrible de los crímenes. Confío en que mi suposición sea cierta, pues en ella se apoya mi esperanza de resolver todo el acertijo. A cada momento que pasa me parece estar viendo ya a ese hombre, aquí, en esta habitación. Cierto que puede no venir, pero lo más probable es que sí. Si viniera, será necesario retenerlo. He aquí unas pistolas, y los dos sabemos usarlas si lo requiere la ocasión.

Tomé las pistolas, sin saber bien lo que hacía ni creer cuanto escuchaba, mientras Dupin continuaba en una especie de soliloquio. Ya he hablado de su conducta ensimismada en tales ocasiones. Sus palabras se dirigían a mí, pero su voz, sin ser alta, tenía esa entonación que suele emplearse para hablar de lejos a alguien. Sus ojos, carentes de toda expresión, miraban sólo a la pared.

—Las voces que el grupo oyó discutir al subir las escaleras —dijo— no eran las de las dos mujeres, como bien demuestran las declaraciones. Esto despeja toda duda en cuanto a que la anciana pudiera haber matado primero a la hija y suicidarse después. Menciono dicha cuestión por puro método, pues madame l'Espanaye jamás habría tenido fuerza bastante para encajar el cadáver de su hija en la chimenea, tal como se halló; y la naturaleza de las heridas que mostraba su propio cadáver excluye por completo la idea del suicidio. El asesinato, por tanto, corrió a cargo de terceros, cuyas voces eran las que se escucharon discutir. Permítame ahora reparar no en el grueso de las declaraciones referidas a las voces, sino en lo que había de *peculiar* en dichas declaraciones. ¿Vio usted algo peculiar?

Comenté que mientras todos los testigos coincidían al suponer que la voz más ronca era de un francés, existía un enorme desacuerdo sobre la voz aguda o, como la calificó uno de ellos, la voz áspera.

—Tal es el testimonio en sí —dijo Dupin—, pero no su peculiaridad. No ha reparado usted en nada significativo. Pero sí había algo revelador. Los testigos, como usted dice, coinciden sobre la voz ronca de forma unánime. Sin embargo, respecto a la voz aguda la peculiaridad no es que disientan, sino que al intentar describirla un italiano, un inglés, un español, un holandés y un francés, todos ellos dijeran que se trataba de una voz *extranjera.* Cada uno de ellos asegura que la voz no pertenecía a un compatriota. Cada uno la vincula no a la voz de alguien procedente de un país cuyo idioma conozca, sino al contrario. El francés supone que es la voz de un español y «podría haber distinguido alguna palabra *de haber sabido español».* El holandés sostiene que era un francés, pero en la declaración hallamos que *«al no hablar francés, se le interrogó con un intérprete».* El inglés cree que es la voz de un alemán, pero *«no habla alemán».* El español «está seguro» de que era un inglés, pero «lo juzga por la entonación», enteramente, puesto que *«no entiende la lengua inglesa».* El italiano piensa que es la voz de un ruso, pero *«nunca ha hablado con un ciudadano de Rusia».* Un segundo testigo francés incluso difiere del primero y está seguro de que la voz era de un italiano, pero como *«no conoce el idioma italiano»,* está convencido, como el español, «por la entonación». Por tanto, ¡qué verdaderamente extraña tiene que haber sido esa voz para poder dar pie a semejantes testimonios! ¡Ni siquiera en la entonación logran encontrar nada familiar los ciudadanos de las cinco grandes divisiones de Europa! Me dirá usted que podía tratarse de la voz de un asiático, o un africano. Ni los asiáticos ni los africanos abundan en París, pero, sin negar esa posibilidad, me limitaré a llamarle la atención sobre tres puntos. La voz era, según un testigo «más que aguda, áspera y cruel». Otros dos afirman que era «entrecortada y desigual». Ningún testigo mencionó haber distinguido palabras, ni sonidos semejantes a palabras.

»No sé —continuó Dupin— qué impresión puedo haberle producido hasta ahora, pero le digo sin ambages que cabe extraer deducciones legítimas, incluso de esta parte del testimonio referente a la voz ronca y la aguda, suficientes en sí mismas para crear una sospecha que oriente todos los pasos futuros de la investigación del misterio. He dicho "deducciones legítimas", pero sin lograr expresar bien a qué me refiero. Quiero dar a entender que dichas deducciones son las únicas apropiadas y que la sospecha surge inevitablemente de ellas como resultado único. Pero no le diré todavía cuál es esta sospecha.

Sólo le ruego tenga presente que me bastó para dar una forma, una tendencia concreta, a mis investigaciones del aposento.

»Traslademonos ahora con la imaginación a dicho aposento. ¿Qué buscaremos en primer lugar? La manera en que los asesinos lograron huir. No miento si digo que ninguno de nosotros dos cree en acontecimientos sobrenaturales. Madame y mademoiselle l'Espanaye no fueron asesinadas por espíritus. Los autores del hecho eran de carne y hueso, y escaparon por medios materiales. Pero ¿cómo? Afortunadamente sólo hay un modo de razonar sobre este punto y dicho modo nos conduce por fuerza a una decisión definitiva. Examinemos una por una las posibles maneras de huir. Claro está que los asesinos se hallaban en el aposento donde apareció mademoiselle l'Espanaye, o si no en el cuarto contiguo, cuando el grupo subía las escaleras. Por tanto, es sólo en estas dos habitaciones donde debemos buscar vías de escape. La policía ha levantado los suelos, los techos y la mampostería de todas las paredes. Ninguna salida secreta ha podido escapar a su atención. Pero, no fiándome de sus ojos, lo inspeccioné todo con los míos. En efecto, no existen, pues, salidas secretas. Las dos puertas que comunican las habitaciones con el pasillo estaban bien cerradas, con las llaves por dentro. Veamos las chimeneas. Aunque tienen una anchura corriente en los primeros dos o tres metros de la campana, por los cañones no pasaría, en ningún trecho de su recorrido, ni un gato grande. Quedando así establecida la imposibilidad de huir por las mencionadas vías, sólo nos quedan las ventanas. Nadie pudo escapar por las del cuarto delantero sin verlo el gentío de la calle. Los asesinos, entonces, tuvieron que salir necesariamente por las ventanas de la habitación de atrás. Llegados a esta conclusión de manera tan inequívoca, no nos corresponde, como razonadores que somos, rechazarla por su aparente imposibilidad. Sólo nos queda demostrar que la supuesta imposibilidad, de hecho, no existe.

»Hay dos ventanas en el aposento. Una de ellas no tiene ningún mueble que la obstruya y es enteramente visible. La parte inferior de la otra queda oculta por la cabecera de la aparatosa cama arrimada a ella. La primera ventana se halló bien cerrada por dentro. Resistió firme el enorme esfuerzo de todos aquellos que intentaron levantarla. A la izquierda del marco había un gran agujero de taladro y en él se halló un clavo grueso metido casi hasta la cabeza. Al examinar la otra ventana se descubrió un clavo parecido encajado de forma similar, y todo empeño por levantarla también resultó en vano. La policía estaba, pues, plenamente convencida de que en la huida no se habían empleado estas vías. Y lo que es más importante, consideró superfluo extraer los clavos y abrir las ventanas.

»Mi propio examen fue algo más detallado, por el motivo que acabo de dar, porque sabía que se trataba de probar que todas las imposibilidades aparentes de hecho no eran tales.

»Seguí razonando de esta manera, es decir, *a posteriori.* Los asesinos sí escaparon por una de aquellas ventanas. Por tanto, no pudieron volver a encajar los clavos de los marcos por dentro, tal como se encontraron, consideración que, dada su obviedad, interrumpió las pesquisas de la policía en este sentido. Pero los marcos estaban fijos en su sitio. Por fuerza, pues, tenían que poder cerrarse solos. Esta conclusión no admitía escapatoria. Me acerqué a la ventana más despejada, saqué con cierta dificultad el clavo e intenté levantar el marco. Como había imaginado, resistió a todos mis esfuerzos. Comprendí entonces que debía de existir un resorte oculto y esta corroboración de mi idea me convenció de que mis premisas sí eran correctas, por misterioso que pareciera todavía el asunto de los clavos. Un examen cuidadoso pronto sacó a la luz el resorte oculto. Lo oprimí con un dedo y, satisfecho de mi descubrimiento, me abstuve de levantar el marco.

»Coloqué el clavo en su agujero y lo observé atentamente. Una persona que saliera por aquella ventana podría haberla dejado cerrada y el resorte habría fijado el marco, pero era imposible volver a poner el clavo en su sitio. La conclusión era evidente y reducía una vez más el terreno de mis investigaciones. Los asesinos tuvieron que huir necesariamente por la otra ventana. Dando por hecho, pues, que los resortes de ambos marcos fueran iguales, como era probable, tenía por fuerza que haber alguna diferencia entre los dos clavos, o al menos en la manera de su colocación. Subido al bastidor de la cama, miré por encima del cabecero para examinar cuidadosamente el marco de la segunda ventana. Metiendo la mano tras el tablero, enseguida descubrí y probé el resorte que, tal como había supuesto, era idéntico a su vecino. Miré luego el clavo. Era tan grueso como el otro y parecía estar colocado de la misma manera, hundido hasta la cabeza.

»Pensará usted que me quedé perplejo, pero de ser así no ha entendido bien la naturaleza de mis inducciones. Empleando una frase típica del deporte, no había cometido ni una sola "falta". No había perdido el rastro ni un solo instante. No fallaba ni un solo eslabón de la cadena. Había desmenuzado el secreto hasta su resultado final y ese resultado era *el clavo.* Tenía, como digo, todas las trazas de su vecino de la otra ventana, pero este hecho era del todo nulo (por concluyente que pareciera) comparado con la consideración de que allí, en ese punto, se acababa la pista. "El clavo por fuerza tiene que tener algún defecto", pensé. Lo toqué y la cabeza, junto con casi un centímetro de la espiga, se soltó, quedándome entre los dedos. El resto de la espiga permaneció en el taladro, donde se había partido. La fractura era antigua, pues los bordes estaban oxidados, y parecía haberse hecho con un golpe de martillo que había hundido algo la cabeza del clavo en el borde del marco inferior. Volví a colocar cuidadosamente esta parte de la cabeza en la muesca de donde la había sacado, y el parecido con un clavo completo era perfecto; la fisura resultaba invisible. Apretando el resorte, alcé despacio el marco cinco o seis centímetros; la cabeza subió con él, quedando firme en su lecho. Cerré la ventana y el clavo volvió a tener toda la apariencia de estar entero.

»El enigma, por el momento, quedaba resuelto. El asesino había escapado por la ventana de encima de la cama. Cerrándose por sí misma (o quizá adrede) tras la huida, el resorte la había fijado después en su lugar; y era la sujeción del resorte lo que la policía había confundido con la del clavo, descartando así toda investigación complementaria.

»La siguiente cuestión es la del procedimiento de descenso. Sobre este aspecto me había cerciorado al pasear con usted alrededor del edificio. A unos seis metros del marco en cuestión se halla la vara de un pararrayos que recorre el muro. Desde esta vara habría resultado imposible alcanzar la ventana en sí, y no digamos entrar por ella. Observé, sin embargo, que los postigos del cuarto piso son de esos tan curiosos que los carpinteros parisinos llaman *ferrades,* apenas empleados hoy pero que se ven con frecuencia en las mansiones muy antiguas de Lyon y Bordeaux. Tienen la forma de una puerta corriente (de una sola hoja, no plegable), salvo que la mitad inferior consiste en una celosía o espaldar de orificios grandes que ofrecen un excelente asidero para las manos. En el caso que nos ocupa estos postigos tienen bastante más de un metro de anchura. Cuando los vimos desde la parte posterior de la casa estaban los dos a medio abrir, es decir, en ángulo recto con el muro de la casa. Es probable que la policía examinara, como yo, la parte trasera del edificio, pero de ser así vieron los *ferrades* entornados, sin llegar a percibir su gran anchura o, por lo menos, sin tomarla en cuenta. De hecho, convencidos de que la huida no podía haber sido por la fachada posterior, debieron de hacer allí una inspección muy superficial. Pero para mí estaba claro que si se abría del todo el postigo de la ventana situada sobre la cama, pegándolo a la pared, quedaría sólo a medio metro de la vara del pararrayos. También estaba claro que, teniendo una agilidad y un valor extraordinarios, se podía haber accedido a la ventana desde el pararrayos. Estirándose para cubrir una distancia de unos setenta centímetros (dando por hecho que el postigo esté del todo abierto), un ladrón habría podido agarrarse con fuerza a la celosía. Soltando entonces el pararrayos para colocar los pies pegados al muro y haciendo palanca con él, podría haber hecho girar el postigo hasta cerrarlo; y, si suponemos la ventana abierta en ese momento, con ese mismo ímpetu habría entrado de un salto en la habitación.

»Le ruego tenga muy en cuenta que he mencionado un grado insólito de agilidad como requisito para llevar a cabo una hazaña tan peligrosa y difícil. Mi intención es demostrarle, en primer lugar, que el hecho podría haberse llevado a cabo; pero, en segundo y primordial lugar, me gustaría llamar su atención sobre el carácter extraordinario, casi sobrenatural, de esa agilidad capaz de lograrlo.

»Sin duda dirá usted que para "argumentar el caso", por usar un término legal, debería reducir en vez de magnificar de tal modo la importancia de la agilidad requerida para este asunto. Ésta será la costumbre en el ámbito de la ley, pero no en el de la razón. Mi último y único propósito es la verdad. Mi intención inmediata es llevarle a yuxtaponer la extraordinaria agilidad que acabo de mencionar con la extrañísima voz aguda (o áspera) y entrecortada, sobre cuya nacionalidad no se ponían de acuerdo los testigos y en cuyo discurso no se logró detectar ninguna sílaba conocida.»

Al oír estas palabras me pasó por la cabeza una idea vaga y confusa de lo que quería explicar Dupin. Me pareció estar a punto de entenderlo, sin ser capaz de lograrlo, como sucede a quienes están a punto de recordar algo que finalmente no logran concretar. Pero mi amigo siguió con su razonamiento.

—Habrá notado usted —dijo— que he pasado de la cuestión de la salida de la casa a la de la manera de entrar en ella. Era mi propósito establecer que ambas se efectuaron de igual modo, por el mismo sitio. Volvamos ahora al interior de la habitación; examinemos su aspecto. Se nos dijo que habían revuelto los cajones de la cómoda, aunque éstos conservaban numerosos artículos de vestir en su interior. Tal conclusión es absurda. No es sino una conjetura, bastante tonta, por cierto. ¿Cómo podemos saber que las pertenencias halladas en los cajones no eran las mismas que contenían en un principio? Madame l'Espanaye y su hija llevaban una vida muy retirada, no veían a nadie, casi nunca salían, por lo que tenían poca necesidad de cambiar a menudo de atavío. Las prendas halladas eran de tan buena calidad como cabía esperar en dichas damas. Si el ladrón robó algo, ¿por qué no eligió lo mejor?, mejor dicho, ¿por qué no llevárselo todo? En pocas palabras, ¿por qué abandonó cuatro mil francos en oro para cargar con un fardo de ropa? El oro no se tocó. Casi toda la cantidad mencionada por monsieur Mignaud, el banquero, se halló en unas bolsas que había en el suelo. Le pido, por tanto, que elimine de su pensamiento la absurda idea de un *motivo,* engendrada en el cerebro de la policía por esa parte del testimonio que se refiere al dinero entregado en la puerta de la casa. Casualidades diez veces más sorprendentes que ésta (la entrega del dinero y el asesinato cometido tres días después de haberlo recibido) nos pasan a todos en cada hora de nuestra vida, sin que les demos la menor importancia. Las casualidades, en general, son grandes escollos para esa clase de pensadores que nada han aprendido de la teoría de la probabilidad, esa teoría a la que los más altos logros de la investigación humana deben los más gloriosos ejemplos. En nuestro caso, si el oro hubiese desaparecido, el hecho de haberse entregado tres días antes habría sido algo más que una casualidad. Habría corroborado la idea esta del motivo. Pero, dadas las verdaderas circunstancias del caso, si hemos de suponer el oro como motivo de esta atrocidad también debemos suponer al autor tan indeciso e idiota como para abandonar a un tiempo el oro y el motivo.

»Teniendo presentes, por tanto, los puntos sobre los que he llamado su atención —esa extraña voz, esa agilidad insólita y la sorprendente ausencia de motivo en un asesinato tan verdaderamente atroz como éste—, repasemos ahora la carnicería en sí. Tenemos a una mujer estrangulada por presión manual y encajada boca abajo en una chimenea. Los asesinos corrientes no emplean estos métodos para matar. Y mucho menos se deshacen así de los cadáveres. En la manera de empotrar el cuerpo chimenea arriba admitirá usted que hay algo excesivamente extravagante, algo por completo irreconciliable con nuestra noción común del comportamiento humano, aun suponiendo al autor como el más depravado de los hombres. Piense también en la fuerza prodigiosa que debió emplearse para empujar el cuerpo hacia arriba cuando la fuerza de varias personas apenas bastó para poder hacerlo descender.

»Veamos ahora las demás indicaciones del empleo de tan sensacional fuerza. En la chimenea había mechones tupidos —muy tupidos— de pelo humano de color gris. Estos mechones se habían arrancado de raíz. Ya sabe usted la enorme fuerza necesaria para arrancar de cuajo veinte o treinta pelos juntos. Vio conmigo el espectáculo atroz de los mechones, las raíces mezcladas con coágulos y fragmentos de cuero cabelludo, prueba evidente de la prodigiosa fuerza ejercida para arrancar quizá medio millón de pelos de un tirón. La garganta de la anciana no estaba sólo cortada, sino que la cabeza había quedado cercenada del cuerpo. El instrumento fue una simple navaja. Le ruego también que contemple la ferocidad *brutal* de estos actos. De las contusiones que tenía el cuerpo de madame l'Espanaye no voy a hablar. Monsieur Dumas y su avezado ayudante, monsieur Etienne, han declarado que fueron infligidas por un objeto romo, y en esto los caballeros tienen toda la razón. El instrumento romo fue evidentemente el suelo empedrado del patio al que cayó la víctima desde la ventana de la cama. Por simple que parezca, esto escapó a la policía por la misma razón que obviaron la anchura de los postigos, porque, debido al asunto de los clavos, se cerraron herméticamente a la posibilidad de que las ventanas hubieran llegado a abrirse.

»Si ahora, además de todas estas cosas, ha reflexionado usted adecuadamente sobre el extraño desorden del aposento, habremos llegado al punto de poder combinar las ideas de una asombrosa agilidad, una fuerza sobrehumana, una ferocidad brutal, una carnicería sin motivo, un horror de una *grotesquerie* absolutamente ajena a lo humano, y una voz que sonaba extranjera a los oídos de hombres de muy distintos países y carente de cualquier sílaba clara o inteligible. ¿Qué resultado se deduce? ¿Qué noción he creado en su imaginación?»

Al escuchar la pregunta de Dupin noté un escalofrío.

—Ha sido un loco —dije—. Un loco furioso escapado de la *maison de santé* más cercana.

—En parte —contestó—, su idea tiene cierto sentido. Pero las voces de los locos, aun en sus más furiosos paroxismos, jamás concuerdan con la extraña voz oída por las escaleras. Los locos tienen una nacionalidad y, por incoherentes que sean sus palabras, siempre muestran una coherencia silábica. Además, el pelo de un loco no es como lo que tengo aquí en la mano. Son unas hebras que logré sacar de entre los dedos rígidos de madame l'Espanaye. Dígame qué le parece esto.

—Dupin —dije, completamente trastornado—. Este pelo es de lo más extraño. ¡No es pelo humano!

—No he dicho que lo sea —contestó él—. Pero antes de resolver este asunto, quiero que mire el pequeño bosquejo que he trazado sobre este papel. Es un dibujo facsímil de lo que en una parte del testimonio se ha descrito como "contusiones de color oscuro y marcas penetrantes de uñas" en la garganta de madame l'Espanaye, y en otra (la de los doctores Dumas y Etienne) como "una serie de manchas lívidas evidentemente producidas por la presión de unos dedos".

»Como verá usted —continuó mi amigo, extendiendo el papel sobre la mesa que teníamos delante—, este dibujo nos sugiere una presión firme y constante. No hay ningún indicio de deslizamiento. Cada dedo ha mantenido, posiblemente hasta la muerte de la víctima, la brutal presión que inició al clavarse por vez primera. Le ruego ahora que procure colocar todos sus dedos a la vez en las huellas respectivas, tal como aparecen en el dibujo.»

Lo intenté sin conseguirlo.

—Quizá no estemos haciéndolo como está mandado —dijo Dupin—. El papel está desplegado sobre una superficie plana, pero la garganta humana es cilíndrica. He aquí un rodillo de madera, cuya circunferencia es aproximadamente la de una garganta. Rodéelo con el dibujo y vuelva a hacer el experimento.

Así lo hice, pero la dificultad era incluso más evidente que antes.

—Esta huella —dije— no es la de una mano humana.

—Lea ahora —respondió Dupin— este pasaje de Cuvier.

Era una detallada descripción general y anatómica del enorme orangután pardo procedente de las islas de las Indias Orientales. La gigantesca estatura, la prodigiosa fuerza y agilidad, la brutal ferocidad y la tendencia a imitar los gestos ajenos propias de estos mamíferos son de sobra conocidas. Comprendí de golpe el asesinato en toda su atrocidad.

—La descripción de los dedos —dije al llegar al final de la lectura— concuerda exactamente con este dibujo. Por lo que veo, sólo un orangután, entre todas las especies que aquí se mencionan, podía haber dejado las huellas que aparecen en su dibujo. Estas hebras de pelo leonado también coinciden en todo con el pelaje de la bestia descrita por Cuvier. Aun así, no consigo entender los detalles de este espantoso misterio. Además, se oyeron *dos* voces discutiendo y una de ellas era, sin lugar a dudas, la de un francés.

—Cierto; y recordará usted que en el testimonio se atribuía de forma casi unánime a esta voz la expresión *«Mon Dieu!»*. Dadas las circunstancias, uno de los testigos (Montani, el confitero) acertó al describir la frase como una protesta o reproche. En estas dos palabras, por tanto, cifro todas mis esperanzas de poder solucionar enteramente este misterio. Un francés supo del asesinato. Es posible —e incluso muy probable— que fuese inocente de toda participación en los sangrientos acontecimientos. El orangután pudo habérsele escapado. Quizá siguiera sus huellas hasta el aposento; pero, dadas las terribles circunstancias que sobrevinieron, jamás logró recuperarlo. El animal todavía anda suelto. No seguiré con estas conjeturas —no tengo derecho a darles otro nombre—, ya que los atisbos de reflexión en que se basan apenas tienen la suficiente profundidad para captarlos con mi propio intelecto y no puedo pretender que resulten inteligibles para nadie más. Las llamaremos conjeturas, por tanto, y nos referiremos a ellas como tales. Si el susodicho francés es en efecto, tal como yo supongo, inocente de esta atrocidad, el anuncio que dejé anoche cuando volvíamos a casa en las oficinas de *Le Monde* (un diario comprometido con la causa marítima y que leen muchos marineros) le hará acudir a nuestra casa.

Me entregó un papel, donde leí lo siguiente:

CAPTURADO.—En el Bois de Boulogne, a primera hora de la madrugada del presente — [la mañana del asesinato], se ha apresado un enorme orangután pardo de la especie de Borneo. Su dueño (de quien se sabe que es un marinero perteneciente a un barco maltés) puede reclamarlo, previa identificación satisfactoria y pago de varios gastos resultantes de su captura y cuidado. Presentarse en el número —, calle —, Faubourg Saint-Germain, tercer piso.

—¿Cómo es posible —pregunté— que sepa usted que ese hombre es un marinero, y perteneciente a un barco maltés?

—Saberlo, no lo sé —dijo Dupin—. No estoy seguro de ello. Pero he aquí un pedazo de cinta que, a juzgar por su forma y su aspecto grasiento, ha servido para atar una de esas largas trenzas de que tan orgullosos se muestran los marineros. Además, tiene un nudo que pocas personas saben hacer, salvo los hombres de mar, y es típico de los malteses. Encontré la cinta al pie del pararrayos. No es posible que perteneciera a ninguna de las dos fallecidas. De todos modos, si me equivoco al deducir por la cinta que el francés es un marino de un barco maltés, no hay nada de malo en haber puesto ese anuncio. Si estoy en un error, el hombre simplemente supondrá que me ha despistado algún hecho que no se tomará el trabajo de averiguar. Pero si tengo razón, supone un gran paso adelante. Enterado, aunque inocente de los asesinatos, el francés naturalmente dudará si responder al anuncio para reclamar el orangután. Razonará lo siguiente: «Soy inocente; soy pobre; mi orangután es muy valioso y para quien esté en mis circunstancias supone toda una fortuna. ¿Por qué perderlo tontamente ante un peligro que no es tal? Me lo ponen al alcance de la mano. Lo han encontrado en el Bois de Boulogne, muy lejos del lugar de las matanzas. ¿Cómo puede llegar a sospechar alguien que el culpable sea un animal salvaje? La policía está desconcertada; no tiene la menor pista. Si llegaran a dar con el animal, sería imposible demostrar que yo estaba al tanto del asesinato, o culparme de estar enterado. Por encima de todo, saben quién soy. El anunciante me señala como dueño de la fiera. Desconozco hasta dónde llega lo que conoce. Si renuncio a reclamar algo de tanto valor, que se sabe de mi pertenencia, el animal se convertirá como poco en sospechoso. No me interesa que la atención recaiga en mí ni en la fiera. Contestaré al anuncio, recuperaré el orangután y lo tendré encerrado hasta que el asunto quede olvidado».

En ese momento oímos pasos en la escalera.

—Tenga listas las pistolas —dijo Dupin—, pero no las use ni muestre hasta que yo le haga una seña.

La puerta de entrada de la casa había quedado abierta y el visitante había entrado sin llamar, subiendo varios peldaños de la escalera. Pero, de pronto, pareció dudar. Poco después, lo escuchamos bajar. Dupin corría ya a la puerta cuando lo oímos volver a subir. No retrocedió por segunda vez, sino que subió con decisión y golpeó con la mano en la puerta de nuestro aposento.

—Adelante —dijo Dupin con voz alegre y cordial.

Entró un hombre. Era obviamente un marinero, alto, corpulento y musculoso, con un rostro de expresión temeraria que no resultaba del todo desagradable. Su cara, muy tostada por el sol, quedaba casi oculta por las patillas y el bigote. Llevaba un enorme garrote de roble, pero por lo demás parecía desarmado. Se inclinó torpemente, dándonos las buenas noches con un acento francés que, aun teniendo un deje de Neufchatel, era suficientemente indicativo de un origen parisino.

—Siéntese usted, amigo mío —dijo Dupin—. Supongo que viene usted en relación con el orangután. Caramba, casi diría que le envidio semejante posesión, un animal magnífico, y sin duda muy valioso. ¿Qué edad cree usted que tendrá?

El marinero respiró profundamente, con el aspecto de un hombre liberado de una carga intolerable, y contestó confiado:

—No podría decirlo, pero no serán más de cuatro o cinco años. ¿Lo tiene usted aquí?

—No, no. Aquí carecemos de lugar adecuado para tenerle. Está en un establo en la rue Dubourg, muy cerca. Puede llevárselo mañana por la mañana. Supongo que estará en condiciones de identificar la propiedad.

—Por supuesto que sí, señor.

—Lamentaré separarme de él —dijo Dupin.

—No quisiera que se tome usted tantas molestias en vano, señor, ni mucho menos —dijo el hombre—. Estoy más que dispuesto a pagar una recompensa por haber encontrado al animal, siempre que sea una suma razonable.

—Bien —respondió mi amigo—. Eso me parece muy justo, claro que sí. Vamos a ver... ¿Qué puedo pedirle? ¡Ah! Se lo voy a decir. Mi recompensa será la siguiente: me va a contar todo lo que sepa sobre esos crímenes de la rue Morgue.

Dupin dijo las últimas palabras en voz muy baja y con enorme tranquilidad. Después, con igual calma, fue hacia la puerta, la cerró y se metió la llave en el bolsillo. Sacando luego una pistola del pecho, la puso sin el menor agobio sobre la mesa.

El rostro del marinero enrojeció como si estuviese al borde del ahogo. Se puso en pie y agarró el palo, pero al poco se dejó caer en el asiento, temblando violentamente y pálido como la muerte. No dijo una palabra. Lo compadecí desde lo más profundo de mi corazón.

—Amigo mío —dijo Dupin en tono amable—, se inquieta usted sin motivo, se lo aseguro. No queremos hacerle ningún daño. Como caballero y francés que soy, le juro por mi honor que no tenemos intención de agraviarle. Sé perfectamente que es usted inocente de las atrocidades de la rue Morgue. Pero no se puede negar que está hasta cierto punto implicado en ellas. Por mis palabras comprenderá que poseo medios de información sobre este asunto, medios que no podría usted ni imaginar. Pues bien, el asunto es como sigue. Usted no ha hecho nada que pudiera haber evitado; nada, desde luego, que lo convierta en culpable. Ni siquiera se le puede acusar de robo, cuando podía haber robado con impunidad. No tiene nada que ocultar. No tiene motivos para ocultarse. Por otra parte, todos los principios del honor le obligan a confesar cuanto sabe. Han metido en la cárcel a un hombre inocente, acusado de este crimen cuyo culpable usted conoce y puede señalar.

Mientras Dupin decía estas palabras el marinero había recuperado en buena parte su presencia de ánimo, pero su inicial actitud audaz se había desvanecido.

—Con la ayuda Dios —dijo tras una breve pausa—, le voy a contar cuanto sé de este asunto, aunque no espero que crea ni la mitad, pues sería una tontería por mi parte. Pero sí que soy inocente y voy a confesarlo todo aunque me cueste la vida.

Lo que nos dijo, en sustancia, fue lo siguiente. Recientemente había hecho un viaje al archipiélago índico. El grupo del que formaba parte desembarcó en Borneo y emprendieron una excursión tierra adentro. Entre él y un compañero habían apresado el orangután. Al morir dicho compañero, quedó en posesión del animal. Después de enormes dificultades ocasionadas por la indomable ferocidad de su presa durante el viaje de vuelta, finalmente logró encerrarlo en su casa de París, donde, para aislarlo de la incómoda curiosidad de sus vecinos, lo mantenía cuidadosamente recluido mientras el animal se recuperaba de una herida que se había hecho en la pata al clavarse una astilla del barco. Su intención final era venderlo.

La noche —o, mejor dicho, la madrugada— del crimen, al regresar de una de esas juergas de marineros, se encontró con que el animal había escapado del armario donde creía tenerlo bien encerrado y andaba suelto por su dormitorio. Navaja en mano y bien cubierto de espuma, se hallaba sentado ante un espejo intentando afeitarse, tal como sin duda había visto hacer a su amo espiándolo por el ojo de la cerradura. Aterrado al ver un arma así de peligrosa en manos de un animal tan fiero como capaz de usarla, en un primer momento el hombre, desconcertado, no supo qué hacer. Sin embargo, aun en sus arrebatos más violentos siempre había logrado tranquilizar al bicho empleando un látigo, al que recurrió una vez más. Pero al verlo el orangután se abalanzó hacia la puerta, bajó las escaleras y, saltando por una ventana desgraciadamente abierta, salió a la calle.

Desesperado, el francés fue tras él. Navaja en mano, el orangután se detenía de cuando en cuando para mirar atrás y hacer muecas a su seguidor, dejándolo llegar casi a su lado. Entonces huía de nuevo. Así continuó la persecución durante mucho tiempo. Las calles estaban sumidas en un profundo silencio, pues eran casi las tres de la madrugada. Al pasar por un callejón tras la rue Morgue, al fugitivo le llamó la atención la luz que salía por la ventana abierta del aposento de madame l'Espanaye, en el cuarto piso de su casa. Corriendo hacia el edificio, descubrió el pararrayos, trepó por él con una agilidad inconcebible, agarró el postigo, que estaba abierto del todo y pegado a la pared, y lo empleó para columpiarse y caer directamente sobre el cabecero de la cama. Toda la hazaña no llegó a ocupar ni un minuto. El postigo volvió a quedar abierto por el impulso que le dio el orangután al entrar en la habitación.

Entretanto el marinero sintió tranquilidad y desconcierto a un mismo tiempo. Tenía grandes esperanzas de volver a apresar a la fiera, pues le sería difícil huir de la trampa en que acababa de meterse, salvo que bajara de nuevo por el pararrayos, ocasión en que se le podría detener al bajar. Por otra parte, le inquietaba mucho pensar en lo que pudiera hacer dentro de la casa. Esta última reflexión indujo al hombre a seguir al fugitivo. A un marinero no le resulta tan difícil trepar por la vara de un pararrayos, pero al llegar a la altura de la ventana, que le quedaba a la izquierda a cierta distancia, su ascenso se vio interrumpido; lo más que pudo hacer fue inclinarse para poder atisbar el interior de la habitación. Nada más verlo, estuvo a punto de caer de su asidero del horror que sintió. Fue en ese momento cuando penetraron la noche los espantosos lamentos que habían sacado de su sueño a los vecinos de la rue Morgue.

Madame l'Espanaye y su hija, ataviadas con sus camisones de dormir, parecían haber estado dedicadas a guardar unos papeles en la caja fuerte ya mencionada, que habían arrastrado hasta el centro de la habitación. Ésta se encontraba abierta y su contenido yacía en el suelo. Las víctimas estarían de espaldas a la ventana, y, a juzgar por el tiempo transcurrido entre la entrada de la bestia y los gritos, parece probable que en un primer momento no hubieran advertido su presencia. El ruido del postigo al cerrar y abrirse podían haberlo atribuido al viento.

Cuando el marinero miró al interior, el gigantesco animal había agarrado a madame l'Espanaye del pelo (que la dama llevaba suelto, como si se hubiera estado peinando) y blandía la navaja junto a su cara imitando los movimientos de un barbero. La hija yacía inmóvil; se había desmayado. Los gritos y forcejeos de la anciana, durante los cuales le fue arrancado el pelo de la cabeza, tuvieron el efecto de trocar los propósitos probablemente pacíficos del orangután en pura ira. Con un enérgico zarpazo de su brazo musculoso casi le arrancó la cabeza del cuerpo. La vista de la sangre enardeció su furia, convirtiéndola en un frenesí. Rechinando los dientes y echando fuego por los ojos, se abalanzó sobre el cuerpo de la joven y cerró sus temibles garras en torno al cuello, sin soltar hasta que ella falleció. Su mirada nerviosa y enloquecida fue a parar en aquel momento al cabecero de la cama, sobre el que el rostro de su amo, paralizado por el horror, era apenas discernible. La furia del animal, que sin duda recordaba aún el odiado látigo, se convirtió de inmediato en miedo. Consciente de haber merecido un castigo, pareció ansioso de ocultar sus actos sangrientos y empezó a saltar por la habitación poseído de una agitación nerviosa, tirando y rompiendo los muebles conforme avanzaba y arrancando el lecho del armazón de la cama. Finalmente tomó primero el cadáver de la hija y lo metió en el cañón de la chimenea, tal como se descubrió, y luego el de la anciana, que inmediatamente tiró de cabeza por la ventana.

En el momento en que el mono se acercaba a la ventana con su mutilada carga, el marinero se echó hacia atrás espantado y, dejándose caer sin apoyar apenas los pies hasta llegar al suelo, corrió veloz hacia su casa, temiendo las consecuencias de semejante matanza y olvidando en su terror toda preocupación por la suerte del orangután. Las palabras que había oído el grupo desde las escaleras eran las exclamaciones de horror y miedo del francés, mezcladas con el diabólico parloteo de la fiera.

Apenas tengo nada que añadir. El orangután debió de abandonar la habitación bajando por el pararrayos pocos segundos antes de que forzaran la puerta. También debió de cerrar la ventana a su paso.

Posteriormente lo acabó atrapando su propio dueño, quien lo vendió al *Jardin des Plantes* a cambio de una enorme suma. Adolphe Le Bon quedó en libertad de inmediato tras nuestro relato de las circunstancias (con algunos comentarios por parte de Dupin) en el *bureau* del prefecto de policía. Este funcionario, aunque trató con cortesía a mi amigo, no pudo ocultar del todo su contrariedad por el cariz que habían tomado los acontecimientos y dejó caer uno o dos sarcasmos sobre la conveniencia de que cada uno se ocupe de lo suyo.

—Déjelo hablar —dijo Dupin, que no había considerado necesario responderle—. Déjelo filosofar; le aliviará la conciencia. Me doy por satisfecho con haberlo derrotado en su propio terreno. Aun así, que haya fracasado en la solución de este misterio no es en absoluto tan asombroso como a él le parece; de hecho, nuestro amigo el prefecto es demasiado astuto para ser profundo. En su sabiduría no hay urdimbre. Es todo cabeza y nada de cuerpo, como las imágenes de la diosa Laverna; o, como mucho, todo cabeza y lomo, como el bacalao. Pero es un buen hombre, a decir verdad. Le admiro sobre todo por su toque maestro de gazmoñería, al que debe su fama de ingenioso. Me refiero a la manera que tiene de *nier ce qui est, et d'expliquer ce qui n'est pas*[4].

---

[4] Rousseau, *Nouvelle Héloïse*. *(Nota del autor.)* La frase se traduce por «negar lo que existe y explicar lo que no existe». *(N. de la T.)*

LA CARTA ROBADA

Nil sapientiae odiosius acumine nimio[1].

SÉNECA

Acababa de oscurecer en París, y esa noche borrascosa del otoño de 18— me hallaba yo disfrutando del doble placer de meditar y fumar en pipa en compañía de mi amigo C. Auguste Dupin en su pequeña biblioteca o despacho interior *au troisième, n.º 33, rue Dunôt, Faubourg Saint-Germain*. Llevábamos más de una hora en profundo silencio y un observador casual nos habría creído atenta y exclusivamente dedicados a estudiar las ensortijadas volutas de humo que cargaban el aire de la habitación. En cuanto a mí respecta, sin embargo, estaba dedicado a la discusión mental de ciertos asuntos que habíamos tratado en horas más tempranas de la tarde; me refiero al caso de la rue Morgue y al misterio del asesinato de Marie Rogêt. Me pareció, por tanto, una curiosa casualidad ver abrirse la puerta de la habitación para dar paso a nuestro viejo amigo *monsieur* G., el prefecto de la policía de París.

Le dimos una calurosa bienvenida, pues el hombre tenía casi tanto de entretenido como de despreciable, y llevábamos varios años sin verlo. Habíamos estado sentados en la penum-

---

1 Nada resulta más detestable a la sabiduría que el exceso de sutileza.

bra y Dupin se levantó para encender una lámpara, pero volvió a sentarse sin llegar a hacerlo cuando *monsieur* G. dijo que venía a consultarnos, o, mejor dicho, a pedir la opinión de mi amigo sobre cierto asunto oficial que le estaba dando muchos quebraderos de cabeza.

—Si es algo que requiera reflexión —observó Dupin mientras se abstenía de prender la mecha— nos será más provechoso analizarlo a oscuras.

—Ésa es otra de sus ideas raras —dijo el prefecto, cuya costumbre era tildar de «raro» todo cuanto no alcanzaba a comprender, por lo que vivía sumido en una verdadera legión de «rarezas.»

—Muy cierto —dijo Dupin mientras entregaba una pipa a su visitante y le acercaba una cómoda butaca.

—¿Y de qué problema se trata esta vez? —pregunté yo—. No será otro asesinato, espero.

—No, no, nada de eso. Lo cierto es que el asunto parece muy sencillo y no tengo ninguna duda de que podemos resolverlo perfectamente nosotros mismos, pero he pensado que a Dupin le gustaría conocer los detalles, tratándose de algo tan enormemente *raro*.

—Sencillo y raro —dijo Dupin.

—Pues sí; aunque tampoco es eso exactamente. La verdad es que estamos todos muy desconcertados porque el asunto es efectivamente sencillo, pero no conseguimos resolverlo.

—Quizá sea precisamente su sencillez lo que les confunde—dijo mi amigo.

—¡Qué disparates se le ocurren!—contestó el prefecto riendo con entusiasmo.

—Puede que el misterio resulte *demasiado* evidente—dijo Dupin.

—¡Ay, Dios mío! ¿Habrase oído una idea semejante?

—Quizá sea *demasiado* transparente.

—¡Ja, ja, ja! ¡Jo, jo, jo!—rió a carcajadas nuestro visitante, verdaderamente divertido—. Dupin, un día de estos me va a matar de la risa.

—Pero, entonces, ¿cuál es el asunto en cuestión?—pregunté yo.

—Pues bien, se lo voy a contar—contestó el prefecto, dando una bocanada larga y contemplativa mientras se arrellanaba en su butaca—. Puedo explicarlo en pocas palabras, pero antes debo advertirles de que este es un asunto que requiere la mayor discreción, y si llegara a saberse que lo he confiado a terceros, es muy probable que perdiera mi cargo.

—Hable—dije yo.

—O no hable—dijo Dupin.

—Veamos; desde muy altas instancias me han hecho saber que un documento de la mayor importancia ha sido sustraído de las dependencias reales. Se sabe quién es la persona que lo ha robado; no hay ninguna duda, pues le vieron hacerlo. También se sabe que el documento sigue en su poder.

—¿Cómo se sabe?

—Se infiere claramente por la naturaleza del documento —contestó el prefecto— y por no haberse producido ciertos resultados que debieran ser inmediatos apenas deje de estar en posesión del ladrón, es decir, cuando lo emplee como debe pensar emplearlo finalmente.

—Sea algo más explícito —dije.

—Bien; cuanto puedo decir es que dicho papel da a su poseedor cierto poder en cierto lugar donde dicho poder es inmensamente valioso.

El prefecto gustaba de emplear la jerga de la diplomacia.

—Sigo sin comprenderlo del todo —dijo Dupin.

—¿No? Pues bien, la revelación del documento a una tercera persona que no nombraremos pondría en peligro el honor de un personaje de mucha eminencia, y esto da al poseedor del documento un ascendiente sobre el ilustre personaje cuyo honor y tranquilidad están de tal modo amenazados.

—Pero este ascendiente —intervine— dependerá de que el ladrón sepa que el perdedor del documento sabe quién es el ladrón. ¿Y quién se iba a aventurar...?

—El ladrón —dijo G.— es el ministro D—, que se atreve con todo, sea propio o impropio de un hombre. El método empleado en el robo fue tan ingenioso como audaz. El documento en cuestión —una carta, para ser sinceros— lo había recibido la persona robada mientras se hallaba a solas en el *boudoir* real. Mientras leía la carta se vio súbitamente interrumpida por la entrada del otro personaje elevado a quien deseaba precisamente ocultar dicha misiva. Tras un apresurado y vano intento de meterla en un cajón, tuvo que dejarla, abierta como estaba, sobre una mesa. Como el sobrescrito quedaba arriba y no se veía el contenido, la carta podía pasar inadvertida. En esta coyuntura entra el ministro D—. Con su ojo de lince divisa al punto el papel, reconoce la letra de las señas, observa la confusión de la persona en cuestión y adivina su secreto. Tras despachar unos asuntos con la misma premura que de costumbre, el ministro saca una carta algo parecida a la otra, la abre, finge leerla y la coloca en inmediata yuxtaposición a la otra. De nuevo conversa, durante unos quince minutos, sobre varios asuntos públicos. Por último, en el momento de despedirse, toma de la mesa la carta que no le pertenece. Su legítima dueña lo ve, pero evidentemente no se atreve a denunciar el hecho en presencia del tercer personaje, a quien tiene codo con codo. El ministro se esfuma, dejando su carta sin importancia sobre la mesa.

—Y ahí tiene usted —Dupin se dirigía a mí— lo preciso para dar plenos poderes al ladrón: la constancia de que la persona robada sabe que el ladrón es él.

—Sí —contestó el prefecto—. Y en los últimos meses el poder así obtenido se ha empleado, con fines políticos, hasta un punto de enorme peligro. Día a día la persona robada tiene un convencimiento cada vez mayor de la necesidad de recuperar su carta. Pero esto, por supuesto, no puede hacerse abiertamente. Por fin, llevada por la desesperación, dicha persona me ha confiado la tarea.

—Para la cual —dijo Dupin, envuelto en un perfecto remolino de humo— no se podría desear, o siquiera imaginar, un agente más sagaz.

—Cuánto me halaga —respondió el prefecto—. Pero es posible que, en efecto, se tenga de mí tal opinión.

—Como decía usted —intervine yo—, es obvio que el ministro sigue en posesión de la carta, pues el poder lo confiere su posesión, no su empleo. Al emplearla, el poder cesará.

—Cierto —dijo G.—. Y en este convencimiento he asentado mi labor. Mi primer cometido fue hacer un registro minucioso de la mansión del ministro, y mi mayor contrariedad, tener que hacerlo sin que llegara a apercibirse. Por encima de todo se me había advertido del peligro que conllevaría despertar sus sospechas.

—Pero es usted muy avezado en esa clase de investigación —dije yo—. La policía parisina ya habrá hecho lo mismo en multitud de ocasiones.

—Sí, por supuesto; y por ese motivo no me angustié. Las costumbres del ministro me daban, además, una enorme ventaja. Es frecuente que pase fuera de casa noches enteras. En absoluto tiene un elevado número de sirvientes y todos duermen lejos de los aposentos de su amo; al ser en su mayoría napolitanos, resulta fácil emborracharlos. Como ya sabrán, dispongo de unas llaves con las que puedo abrir cualquier habitación de París. En tres meses no ha pasado una noche entera sin que yo registrara en persona la casa de D—. Mi honor está en juego y, ya puestos a confiarles secretos, la recompensa es enorme. Así que no abandoné la búsqueda hasta quedar plenamente satisfecho de que el ladrón es un hombre más astuto que yo. He investigado hasta el último rincón de la casa donde pudiera haber escondido el papel.

—Pero, ¿no es posible —sugerí— que estando la carta en posesión del ministro, como parece indudable, pueda haberla ocultado en otro lugar que no sea su propia casa?

—Sería sumamente difícil —dijo Dupin—. Las peculiares circunstancias de la corte hoy en día, y sobre todo las intrigas en que D— se halla envuelto, exigen tener el documento muy a mano para poder disponer de él inmediatamente en caso de ser necesario, cosa igual de importante que su posesión.

—¿Disponer de él? —repetí.

—Es decir, *destruirlo* —dijo Dupin.

—Entiendo —dije—. Entonces, el papel tiene necesariamente que estar en la casa. En cuanto a que el ministro lo lleve encima, supongo que podremos descartarlo.

—Por completo —dijo el prefecto—. He mandado que unos falsos bandidos le aborden en dos ocasiones y he observado cómo le registraban de pies a cabeza.

—No tenía por qué haberse tomado esa molestia —dijo Dupin—. Supongo que D— no estará del todo chiflado y, siendo así, habrá dado por hecho que tendrían lugar esos falsos asaltos.

—No está del todo chiflado —dijo G.—, pero es un poeta; cosa que, en mi opinión, dista sólo un palmo de la chifladura.

—Cierto —dijo Dupin, tras dar una larga y pensativa bocanada a su pipa de espuma de mar—. Aunque yo también me confieso culpable de hacer algún que otro ripio.

—Propongo que nos cuente en detalle —dije yo— los pormenores de su búsqueda.

—Pues lo cierto es que le dedicamos mucho tiempo al asunto, y buscamos en todas partes. Yo cuento con una experiencia de años en casos parecidos. Recorrí la casa íntegra, cuarto por cuarto, dedicando las noches de una semana entera a cada habitación. Primero examinamos los muebles de cada estancia. Abrimos todos los cajones posibles; y, como supongo que ya sabrán, para un policía que se precie de serlo no existe eso que se suele llamar *cajón secreto*. En una inspección semejante, el hombre que pase por alto un cajón secreto es un imbécil. Además, son habas contadas. Cada mueble tiene un cierto volumen, una cantidad de espacio, que debe justificarse. Seguimos unas normas muy estrictas. No se nos escaparía ni la quincuagésima parte de una línea. Lo vimos todo; tras los armarios, pasamos a las sillas. Los almohadones los exploramos con esas agujas finas y largas que ya me han visto ustedes usar. En cuanto a las mesas, las desmontamos, quitando los tableros.

—¿Para qué?

—En ocasiones, quien desea ocultar algo desmonta el tablero de una mesa o de un mueble similar, después perfora una de las patas, esconde el objeto en el hueco y vuelve a poner el tablero en su sitio. Lo mismo se hace con los postes de los doseles y cabeceros de las camas.

—Pero, ¿no puede localizarse la cavidad por el sonido? —pregunté.

—De ninguna manera si, tras depositar el objeto, se rellena el espacio de una buena capa de algodón. Además, en nuestro caso, estábamos obligados a trabajar sin hacer ruido.

—Pero es imposible quitar todas las piezas o desarmar todos los muebles en que se hubiera podido ocultar un objeto de la manera que dice usted. Una carta puede comprimirse en un finísimo canuto, muy parecido en forma y tamaño a una aguja de hacer punto, y así se puede insertar en el travesaño de una silla, por ejemplo. No habrán desmontado todas las sillas, ¿verdad?

—Por supuesto que no, pero hicimos algo mejor aún. Examinamos todos los travesaños de todas las sillas de la casa, y las junturas de todos los muebles que se puedan ustedes imaginar, con ayuda de un poderoso microscopio. De haber habido la menor señal de alguna alteración reciente, la habríamos detectado al instante. Un simple grano del polvo producido por un taladro, por ejemplo, habría sido tan visible como una manzana. Cualquier variación en el encolado, el menor roce injustificado en las junturas, habría bastado para asegurar la detección.

—Supongo que mirarían en los espejos, entre el panel de madera y el azogue, y que perforaron también los colchones y la ropa de cama, además de las cortinas y alfombras.

—Eso por supuesto; y tras aplicar ese método a absolutamente todas las piezas de mobiliario, pasamos a la casa propiamente dicha. Dividimos la superficie completa en secciones que numeramos para no pasar ninguna por alto; después analizamos con el microscopio cada centímetro cuadrado de todo el edificio, incluyendo las dos casas adyacentes.

—¡Las dos casas adyacentes! —exclamé—. Debió de ser una tarea verdaderamente ingente.

—Lo fue; pero la recompensa ofrecida es colosal.

—¿Incluyeron el terreno que rodea las casas?

—Todo el terreno circundante está pavimentado en ladrillo. Nos supuso relativamente poco trabajo. Examinamos el musgo entre cada losa y lo encontramos intacto.

—Doy por hecho que revisaron los papeles de D— y los libros de la biblioteca.

—Desde luego. Abrimos uno por uno cada paquete y envoltorio; los libros no sólo los abrimos, sino que revisamos cada volumen página a página, sin conformarnos con sólo sacudirlos en el aire, como hacen muchos de nuestros compañeros del cuerpo. También medimos el grosor de todas las cubiertas, con la técnica de medición más precisa, y las sometimos al más estricto análisis con el telescopio. De haberse trastocado alguna de las encuadernaciones, hubiera sido del todo imposible que nos pasara inadvertido. Unos cinco o seis volúmenes recién llegados de manos del encuadernador los examinamos longitudinalmente con las agujas.

—¿Exploraron los suelos bajo las alfombras?

—No lo dude. Levantamos las alfombras y examinamos los tablones del suelo con el microscopio.

—¿Y el papel de las paredes?

—Sí.

—¿Miraron en los sótanos?

—Miramos.

—Entonces se ha equivocado usted —dije— y la carta no está en la casa como usted supone.

—Me temo que en eso tenga usted razón —dijo el prefecto—. Y bien, Dupin, ¿qué me aconseja usted?

—Volver a examinar la casa de arriba abajo.

—Eso sería del todo inútil —respondió G.—. Tan seguro como estoy de respirar lo estoy de que la carta no está en esa casa.

—No tengo mejor consejo que darle —dijo Dupin—. Supongo que tendrá usted una descripción exacta de la carta.

—Sí, claro.

Y aquí el prefecto, sacando un cuaderno, procedió a leernos una descripción minuciosa del aspecto interno, y sobre todo externo, del documento desaparecido. Poco después de terminar su discurso nuestro buen caballero se despidió de nosotros, mucho más alicaído de lo que nunca le habíamos visto.

Habría pasado cosa de un mes cuando nos hizo otra visita y nos halló pasando el tiempo de forma muy parecida a la vez anterior. Tomó posesión de una pipa y una butaca y empezó a hablar de esto y de aquello. Pasado un tiempo le dije:

—Pero cuéntenos, G., ¿qué fue de la carta robada? Supongo que se habrá convencido de que es inútil tanto esfuerzo para echar el guante al ministro.

—Sí, el muy condenado... Pero llegué a hacer la segunda inspección que sugería Dupin, aunque nos podíamos haber ahorrado el esfuerzo, como ya decía yo.

—¿Cuánto dijo usted que ofrecen en recompensa?

—Pues una barbaridad; es una cantidad muy generosa. Prefiero no decir exactamente cuánto, pero sí le diré que estoy dispuesto a dar un cheque de cincuenta mil francos a quien me consiga esa carta. Lo cierto es que este asunto gana importancia día tras día, y acaban de doblar la recompensa. Pero aunque ofrecieran tres veces esa suma, yo no podría hacer más de lo que he hecho.

—Hombre, sí —dijo Dupin, atrastrando las palabras entre bocanadas de humo—. Yo... creo... Dupin... que no ha llegado usted... hasta el final... en este asunto. Se podría... hacer algo más... creo yo... ¿eh?

—¿Cómo? ¿De qué manera?

—Pues... *buf, buf*... podría... *buf, buf*... pedir consejo en este asunto, ¿eh?... *buf, buf, buf*. ¿Se acuerda usted de la historia que cuentan de Abernethy?

—No. ¡A Abernethy que le zurzan!

—De acuerdo, por mí, que le zurzan. Pero érase una vez un avaro con dinero que tuvo la idea de obtener gratis el consejo médico del tal Abernethy. A este fin, sacó el tema en una conversación a puerta cerrada, contando el caso al médico como si fuera el de una persona imaginaria. «Supongamos —dijo el avaro— que los síntomas son éstos y éstos. Y bien, doctor, ¿usted qué le aconsejaría?» «Yo —contestó Abernethy— le aconsejaría que fuese a ver a un médico.»

—Pero —dijo el prefecto, algo apabullado— si yo estoy tan dispuesto a que me den consejo como a pagarlo. Es verdad que daría cincuenta mil francos a cualquier persona que me ayudara en este asunto.

—En ese caso —contestó Dupin, abriendo un cajón y sacando una libreta de cheques—, ya puede usted hacerme un cheque por la cantidad mencionada. Cuando lo haya firmado le entregaré la carta.

Yo me quedé atónito. El prefecto parecía absolutamente estupefacto. Durante unos instantes no habló ni se movió, mirando incrédulo a mi amigo con la boca abierta y unos ojos que parecían a punto de salírserle de las órbitas. Cuando al fin se recuperó un poco tomó una pluma y, deteniéndose de cuando en cuando para mirar al vacío, rellenó y firmó un cheque de cincuenta mil francos que pasó a Dupin por encima de la mesa. Éste lo examinó cuidadosamente y lo guardó en su cartera; después, abriendo con una llave su escritorio, sacó una carta y la entregó al prefecto. Nuestro funcionario la agarró con un contundente espasmo de alegría, la abrió con manos temblorosas, echó una rápida ojeada a su contenido, y después, tambaleándose, logró llegar hasta la puerta y salió corriendo toscamente de la habitación y de la casa, sin haber dicho una sola sílaba desde que Dupin le pidió que rellenara el cheque.

Una vez que se hubo marchado, mi amigo emprendió sus explicaciones.

—La policía parisina es enormemente eficaz a su manera —dijo—. Son perseverantes, ingeniosos, astutos, y están muy versados en el conocimiento que sus funciones parecen exigir. Por tanto, cuando G. nos explicó su manera de registrar la mansión de D—, di por hecho que su investigación había sido satisfactoria, en lo referente a la labor en sí.

—¿En lo referente a la labor en sí? —pregunté.

—Sí —dijo Dupin—. Los métodos empleados no sólo eran los mejores de que se dispone, sino que se pusieron en práctica con absoluta perfección. Si la carta hubiera estado a su alcance, no cabe la menor duda de que estos muchachos la habrían encontrado.

Yo me eché a reír; pero él siguió hablando muy serio.

—Los métodos, por tanto, son los mejores y se han empleado bien —continuó—. Su defecto estriba en no ser aplicables a este caso, ni a este hombre. El prefecto es capaz de convertir una serie de recursos altamente ingeniosos en una especie de lecho de Procrustes en el que encaja sus propósitos a la fuerza. Pero se equivoca siempre al ser demasiado profundo o demasiado superficial para el asunto de turno, y muchos colegiales razonan mejor que él. Conocí a uno de ocho años cuya capacidad para augurar jugando a «pares o nones» causaba una admiración general. El juego es muy sencillo, y los niños jugaban con canicas. Uno de ellos escondía varias canicas en la mano y le preguntaba al otro si eran «pares o nones». Quien lo adivinaba, ganaba una; quien se equivocaba, perdía una. El niño al que me refiero ganó todas las canicas del colegio. Por supuesto, tenía un método de adivinación que consistía en la mera observación y en la valoración de la astucia de sus adversarios. Supongamos que uno de ellos es un tonto de capirote que, levantando la mano cerrada, pregunta: «¿Son pares o nones?». Nuestro muchacho responde «Nones» y pierde; pero la segunda vez gana, porque entonces se dice a sí mismo: «El tonto tenía pares la primera vez y su inteligencia sólo le llega para hacerle cambiar a nones la siguiente. Por tanto, diré nones». Lo dice, y gana. Pero si le toca jugar con un tonto algo más listo que el primero, razonará de la siguiente manera: «Este mozo sabe que he empezado diciendo nones, y la segunda vez su primer impulso será cambiar de pares a nones, como hizo el primer tonto; pero al pensarlo bien caerá en la cuenta de que es una variación demasiado sencilla, y por fin se decidirá a poner pares igual que antes. Así que diré pares». Lo dice, y gana. Pero la forma de razonar de este niño que para sus compañeros tiene «buena suerte», ¿en qué consiste verdaderamente?

—Consiste —respondí— en una identificación del intelecto del razonador con el de su oponente.

—Así es —dijo Dupin—. Y al preguntar al niño por qué medio lograba esa identificación tan profunda que le hacía triunfar en sus augurios, recibí la siguiente contestación: «Cuando quiero averiguar lo listo, tonto, bueno o malo que es alguien, o lo que está pensando en ese momento, adapto lo mejor que puedo el gesto de mi cara al de la suya, y luego espero a ver qué ideas o sentimientos tengo en la cabeza o el corazón que hagan juego o coincidan con el gesto de mi cara». Esta respuesta del colegial está en la base de toda la falsa profundidad que se ha atribuido a La Rochefoucauld, La Bruyère [2], Maquiavelo y Campanella.

—Entonces, si le he entendido bien —dije—, la identificación de la inteligencia del razonador con la de su oponente depende de la precisión con que se calibre la inteligencia de dicho oponente.

—Su utilidad práctica depende de ello —contestó Dupin—. El prefecto y su cohorte fallan tan a menudo, primero por no lograr dicha identificación, y segundo, por calibrar mal —o mejor dicho, por no calibrar— el intelecto con el que tienen que vérselas. Sólo juzgan ingeniosas sus propias ideas y, al buscar algo que se halle oculto, reparan sólo en los medios que ellos mismos hubieran empleado para esconderlo. En una cosa sí tienen razón: su ingenio representa fielmente el del común de las gentes; pero cuando la astucia del criminal tiene un carácter distinto de la suya, éste logra engañarles, por supuesto. Esto sucede siempre que la astucia sea superior a la

---

[2] En esta enumeración, Poe omite el preceptivo *La* del apellido del autor francés La Rochefoucald, y cuando cita a un inexistente «La Bougive» parece querer referirse al conocido Jean de La Bruyère, como da por hecho el prestigioso historiador y crítico literario estadounidense Jacques Barzun. *(N. de la T.)*

suya, y muy a menudo siendo inferior. Ellos jamás cambian sus principios de una investigación a otra; en el mejor de los casos, si se encuentran ante una urgencia excepcional o una recompensa desmesurada, aumentan o exageran sus viejos métodos o prácticas, sin alterar sus principios. Por ejemplo, en el caso este de D—, ¿qué se ha hecho para variar el principio de acción? ¿Qué son todos esos rastreos, perforaciones, auscultaciones, análisis con el microscopio y divisiones de la superficie del edificio en centímetros cuadrados numerados? ¿Qué es todo eso más que la exageración al aplicar el único principio o serie de principios empleados en un registro y basados en las nociones sobre el ingenio humano que ha adquirido el prefecto en el prolongado cumplimiento de su deber? ¿No se da usted cuenta de que nuestro hombre cree a pies juntillas que todo aquel que quiera esconder una carta lo hará, si no exactamente en la pata agujereada de una silla, si al menos en algún taladro o rincón insólito sugerido por la misma línea de pensamiento que llevaría a una persona a esconder una carta en la pata de una silla? Y observe también que esos escondrijos rebuscados sólo se acomodan a las ocasiones corrientes, y sólo los emplearían las inteligencias corrientes; puesto que, en todos los casos de ocultación el encubrimiento del objeto tiene lugar, en primer lugar, de manera presumible; y por tanto su hallazgo no depende en absoluto de la perspicacia, sino tan sólo del cuidado, la paciencia y la resolución de los buscadores; y cuando el caso es importante —o la recompensa sustancial, que es lo mismo a ojos de la policía— las mencionadas cualidades no han fallado *jamás*. Comprenderá usted ahora a qué me refería antes al decir que si la carta hubiera estado al alcance de la inspección del prefecto —es decir, si el principio de su ocultación hubiera estado al alcance de los principios del prefecto— su descubrimiento se habría producido sin lugar a dudas. Nuestro funcionario, sin embargo, ha estado profundamente desconcertado; y la improbable fuente de su derrota reside en la suposición de que el ministro es un chiflado porque ha alcanzado cierto renombre como poeta. Todos los chiflados son poetas, según opina el prefecto, que es sencillamente culpable de un *non distributio medii* por inferir de lo anterior que todos los poetas son unos chiflados.

—Pero, ¿es éste en efecto el poeta? —pregunté—. Son dos hermanos, eso lo sé; y ambos tienen fama en el mundo de las letras. El ministro, según creo, ha escrito un tratado erudito sobre el cálculo diferencial. Es matemático, no poeta.

—Se equivoca usted; lo conozco bien, y sé que es ambas cosas. Como poeta y matemático, razonará bien; como simple matemático hubiera sido del todo incapaz y habría quedado a merced del prefecto.

—Me sorprende con sus opiniones —dije— enfrentadas a las de la voz del mundo. No irá usted a despreciar ideas fraguadas con el paso de los siglos. La razón matemática se ha considerado siempre como la razón por excelencia.

—*Il y a à parier* —contestó Dupin, citando a Chamfort— *que toute idée publique, toute convention reçue est une sottise, car elle a convenue au plus grand nombre*[3]. Le aseguro que los matemáticos se han esmerado en divulgar el error popular a que usted alude, y que no por divulgarse como cierto es menos erróneo. Con un arte digno de mejor causa, por ejemplo, han introducido el término «análisis» en el campo del álgebra. Los franceses son los culpables de este engaño, pero si un término tiene importancia alguna, si las palabras derivan su valor de su aplicación, entonces «análisis» expresa «álgebra» tanto como en latín *ambitus* implica «ambición», *religio,* «religión», u *homines honesti,* un grupo de hombres honorables.

—Por lo que veo —dije—, está usted enzarzado en una disputa con varios de los algebristas de París; pero continúe.

—Niego la eficacia y, por tanto, el valor de toda razón cultivada por cualquier otro proceder que no sea el lógico abstracto. Niego, en particular, la razón derivada del estudio ma-

---

[3] Se podría asegurar que cuanta más aceptación tenga una idea pública o un saber convencional, mayor tontería será. *(N. de la T.)*

temático. La matemática es la ciencia de la forma y la cantidad; el razonamiento matemático es mera lógica aplicada a la observación de la forma y la cantidad. El gran error es suponer que incluso las verdades de lo que se denomina álgebra pura sean verdades abstractas o generales. Y este error es tan notable que me asombra el alcance universal de su aceptación. Los axiomas matemáticos no son axiomas de validez general. Lo que es cierto sobre la relación (de la forma y la cantidad) es a menudo totalmente falso aplicado a la moral, por ejemplo. En esta última ciencia suele ser incierto que el todo sea igual a la suma de las partes. En química también falla este axioma. Asimismo falla en cuanto a la consideración del impulso, pues dos impulsos con valores distintos no tienen necesariamente al unirse un valor igual a la suma de sus valores separados. Existen muchas otras verdades matemáticas que sólo lo son dentro de los límites de la relación. Pero el matemático argumenta por costumbre en base a sus verdades finitas, como si tuvieran una aplicación general, tal como el mundo entero da por hecho. Bryant, en su docta *Mitología,* alude a una fuente análoga de error cuando dice que «si bien nadie cree en las fábulas paganas, solemos olvidarnos y extraer consecuencias de ellas como si fueran realidades existentes». Pero los algebristas, que son paganos, sí creen en las «fábulas paganas» y las inferencias que extraen no proceden tanto del olvido como de un inexplicable embrollo de la mente. En resumen, jamás he conocido a un matemático en quien se pudiera confiar fuera de sus ecuaciones y raíces o quien no tenga por artículo de fe que $x^2 + px$ es absoluta e incondicionalmente igual a q. A manera de experimento, hágame el favor de decir a uno de estos señores que, en su opinión, pueden darse ocasiones en que $x^2 + px$ no sea del todo igual a q; y, una vez que le haya hecho comprender lo que quiere decir, quítese de en medio lo antes posible, porque sin duda intentará emprenderla con usted a golpes.

»Lo que quiero decir —continuó Dupin, mientras yo reía ante sus últimas observaciones— es que si el ministro hubiera sido sólo un matemático, el prefecto no habría tenido ninguna necesidad de darme este cheque. Pero yo sabía que es tanto matemático como poeta, y adapté mis medidas a su capacidad en relación con las circunstancias que le rodeaban. Sabía que es un cortesano, y un intrigante audaz. Estimé improbable que un hombre así no conociese los métodos policiales tradicionales. Sería muy extraño que no anticipase (y los hechos han probado que sí lo hizo) los falsos asaltos de que fue objeto. Consideré que por fuerza habría previsto la inspección secreta de su casa. Sus frecuentes ausencias por la noche, que el prefecto aclamó como una clara contribución a su éxito, me parecieron simples ardides para permitir una minuciosa inspección policial y así convencer a G. cuanto antes (como así ocurrió) de que la carta no estaba en la casa. También presentí que toda la línea de pensamiento que me he afanado en exponerle sobre el principio invariable de la acción policial en su búsqueda de un objeto oculto, recorrería por fuerza la cabeza del ministro y le llevaría imperativamente a despreciar todos los escondrijos corrientes. Pensé que un hombre así jamás iba a cometer la flaqueza de no advertir que hasta el rincón más rebuscado e ignoto de su casa estaría abierto como un armario ropero a los ojos, agujas, taladros y microscopios del prefecto. Decidí, por último, que D— se vería empujado por norma hacia la simplicidad, caso de no adoptarla por gusto. Quizá recuerde usted con qué vehemencia rió el prefecto cuando le sugerí, en nuestro primer encuentro, que este misterio le desconcertaba tanto precisamente por ser *demasiado* evidente.

—Sí —dije—. Recuerdo bien sus carcajadas. Por un momento creí que le iban a dar convulsiones.

—El mundo material —continuó Dupin— abunda en estrictas analogías con el inmaterial, y así adquiere visos de realidad el dogma retórico de que la metáfora o el símil sirven tanto para fortalecer un argumento como para embellecer una descripción. El principio de la *vis inertiae*, por ejemplo, parece idéntico en la física y en la metafísica. Si en la primera resulta más difícil poner en movimiento un cuerpo grande que uno pequeño y el impulso subsiguiente es acorde a dicha dificultad, en la segunda sucede que las inteligencias más capaces, teniendo una mayor convicción, constancia y recursos que las de grado inferior, tardan más en actuar y muestran una mayor timidez e indecisión al dar sus primeros pasos. Veamos, entre los rótulos de las tiendas, ¿se ha fijado usted en cuáles llaman más la atención?

—No me he parado a pensar en ese asunto —le dije.

—Hay un juego de adivinanzas —prosiguió Dupin— que se juega sobre un mapa. Uno de los jugadores requiere al otro que averigüe una palabra dada —el nombre de una ciudad, río, nación o imperio—, cualquier palabra sobre la superficie variopinta y desconcertante del mapa. El novato en este juego suele intentar despistar a su oponente planteándole los nombres escritos en letra más diminuta mientras que el entendido elegirá los que se extienden en grandes caracteres de un lado a otro del mapa. Éstos, como los rótulos y carteles demasiado grandes, pasan inadvertidos al ser demasiado evidentes, y en ello la negligencia física es precisamente análoga con el descuido que hace a la inteligencia pasar por alto las consideraciones demasiado palpables y exageradamente evidentes. Pero esta cuestión parece rebasar, por arriba o por abajo, el entendimiento del prefecto. Jamás consideró probable o posible que el ministro hubiera dejado la carta delante de las narices del mundo entero, para mejor impedir que nadie en ese mundo pudiera descubrirla.

»Pero cuanto más pensaba yo en el audaz, refinado y penetrante ingenio de D—, en que siempre debía tener el documento a mano para poder sacarle el máximo provecho, y en la absoluta certeza proporcionada por el propio prefecto de que no estaba al alcance de sus métodos de inspección tradicional, más me convencía de que, para esconder la carta, el ministro había recurrido al inmejorable y sagaz expediente de no ocultarla en absoluto.

»Movido por estas ideas, me pertreché de unas gafas con cristales verdes y una hermosa mañana me presenté, como por casualidad, en la mansión ministerial. Encontré a D— en casa, dedicado como siempre a bostezar, holgazanear y perder el tiempo, fingiendo hallarse al límite del *ennui*. Debe de ser el ser humano más activo que existe hoy en día, pero esto tan sólo cuando no le ve nadie.

»Para ponerme a su altura, me quejé de mi mala vista y de tener que llevar gafas, bajo cuyo resguardo inspeccioné cautelosa pero detalladamente toda la habitación mientras fingía prestar atención sólo a las palabras de mi anfitrión.

»Me fijé atentamente en un gran escritorio junto al que estaba sentado D— y sobre el que había cartas y papeles esparcidos, uno o dos instrumentos musicales y unos cuantos libros. Pero, tras un largo y muy prolongado escrutinio, no vi nada que despertara en concreto mis sospechas.

»Por fin mis ojos, haciendo un recorrido circular, cayeron sobre un tarjetero de cartón con filigrana dorada, que colgaba de una sucia cinta azul atada a un pequeño tirador de bronce que había en mitad de la repisa de la chimenea. En este tarjetero, que tenía tres o cuatro compartimentos, había cinco o seis tarjetas de visita y una sola carta. Esta última estaba muy sucia, arrugada, casi partida en dos, como si tras una primera intención de hacerla pedazos por no tener ningún valor, se hubiera decidido salvarla. Tenía un gran sello negro con el monograma de D— bien visible, y estaba dirigida en minúscula letra de mujer al propio ministro. Se hallaba metida al desgaire, e incluso con aparente desdén, en una de las casillas superiores del tarjetero.

»Apenas vi la carta, llegué a la conclusión de que era la que yo buscaba. Por cierto que en apariencia era completamente distinta de aquella cuya descripción tan minuciosa nos había leído el prefecto. Ésta tenía el sello grande y negro, con el monograma de D—; el de la otra era pequeño y rojo, con el escudo ducal de la familia S—. En ésta, las señas del ministro estaban en una letra minúscula y femenina; en la otra, el trazo del sobrescrito dirigido a un miembro de la realeza era claramente visible y decidido. El tamaño era el único punto en común. Pero estas diferencias tan extremadamente marcadas —la suciedad, el papel manchado y roto—, tan contradictorias con las verdaderas costumbres metódicas de D— y tan obviamente destinadas a dar una falsa impresión del valor del documento; estas diferencias —además de la preponderancia descarada de la carta, a la vista de cualquier invitado, y de acuerdo, por tanto, con mis conclusiones anteriores— corroboraban firmemente las sospechas de quien iba ya con intención de sospechar.

»Prolongué mi visita todo lo posible y mientras mantenía una animada discusión con el ministro sobre un tema que sabía que le interesaba y apasionaba, de hecho mantuve la atención clavada en la carta. Empleé este examen para grabar en mi memoria su apariencia externa y colocación en el tarjetero; además, acabé haciendo un descubrimiento que disipó cualquier pequeña duda que pudiera quedarme. Al escudriñar los bordes del papel, me di cuenta de que estaban más estropeados de lo necesario. Tenían ese aspecto ajado de todo papel grueso que, una vez doblado y prensado con una plegadera, se vuelve y se dobla en sentido contrario, sobre los mismos pliegues o surcos hechos la primera vez. Este hallazgo me bastó. Supe claramente que la carta estaba dada la vuelta como un guante, con el sobrescrito y el sello cambiados. Me despedí del ministro y me marché de inmediato, dejando encima de la mesa la caja de oro donde llevaba el rapé.

»A la mañana siguiente acudí en busca de la caja, y proseguimos con no poco entusiasmo la conversación del día anterior. En éstas estábamos cuando se oyó un fuerte estampido como de pistola justamente bajo las ventanas de la mansión, seguido de varios gritos pavorosos y las voces de una multitud espantada. D— corrió hacia una ventana, la abrió de par en par y se asomó. En ese momento me acerqué al tarjetero, tomé la carta, la guardé en el bolsillo y la sustituí por un facsímil (por lo que se refiere al aspecto externo) que había preparado con esmero en casa, imitando fácilmente el monograma de D— con un sello de miga de pan.

»El alboroto de la calle se debía al exaltado comportamiento de un hombre con un mosquetón, que acababa de disparar contra un grupo de mujeres y niños. Sin embargo, resultó que el arma no estaba cargada, y las gentes dejaron marchar al individuo, un borracho o un loco. Al verle marcharse, D— se apartó de la ventana donde yo me había reunido con él apenas logrado mi propósito. Poco después me despedía de él. El supuesto lunático era un hombre al que había pagado yo.

—Pero, ¿qué intención tenía usted —le pregunté— al reemplazar la carta por un facsímil? ¿No habría sido mejor hacerse con ella en la primera visita, por las buenas, y marcharse después?

—El ministro D— es un hombre temerario y valiente —contestó Dupin—. Además, en su casa no faltan sirvientes fieles a sus intereses. De haber hecho el intento desesperado que usted sugiere, podría no haber salido vivo de la residencia ministerial. El buen pueblo de París quizá no hubiera vuelto a saber de mí. Ya conoce usted mis simpatías políticas. En este asunto soy partidario de la dama en cuestión. Durante dieciocho meses, el ministro la ha tenido en su poder. Ahora ella lo tiene a él, pues, ajeno a que no está en posesión de la carta, D— continuará con sus coacciones como si la tuviera. Esto lo llevará inevitablemente a la ruina política. Su caída, además, será tan vertiginosa como grotesca. Está muy bien hablar del *facilis descensus Averni;* pero, siempre que se sube a un monte, cabe decir lo que dijo la Catalani del canto, que es mucho más fácil subir que bajar. En este caso no siento compasión —es decir, pena— por el hombre que desciende. Es el *monstrum horrendum,* un hombre de genio, pero sin principios. Aunque confieso que sí me gustaría saber qué le pasa por la cabeza cuando, confrontado por la mujer a quien el prefecto llama «el ilustre personaje», se vea en la obligación de abrir la carta que le he dejado en el tarjetero.

—¿Cómo? ¿Ha escrito algo en ella?

—En fin, no me parecía del todo bien dejar el interior en blanco. Habría sido insultante. En cierta ocasión, en Viena,

D— me jugó una mala pasada, y sin perder el humor le dije que no lo olvidaría. Por tanto, como no dudo de que nuestro hombre tendrá cierta curiosidad por saber quién ha sido más listo que él, me pareció una lástima no darle una pista. Como conoce bien mi letra, me limité a copiar en mitad de la página en blanco estas palabras:

...Un dessein si funeste
S'il n'est digne d'Atrée, est digne de Thieste[4].

»Las hallará usted en el *Atrée* de Crébillon.»

---

[4] El verso de Crébillon significa literalmente: «Un designio tan funesto, si no es digno de Atreo es digno de Tiestes». Atreo, rey de Micenas, fue famoso por su odio contra su hermano Tiestes, a cuyos hijos mató y dio a comer al padre en un banquete. *(N. de la T.)*

EL GATO NEGRO

No espero ni pido que nadie crea el insólito pero sencillo relato que me dispongo a escribir. Loco estaría caso de suponerlo, cuando mis propios sentidos rechazan las pruebas que lo demuestran. Pero no estoy loco y sé que no se trata de un sueño. Mañana voy a morir y quisiera hoy aliviar mi alma. Mi propósito inmediato es dar a conocer simple, sucintamente, y sin comentarios, una serie de meros incidentes domésticos. Las consecuencias de estos incidentes me han aterrorizado, me han torturado; y me han destruido. Pero no intentaré explicarlos. Si para mí han supuesto tan sólo el horror, para otros muchos no serán tan terribles como estrambóticos. De aquí en adelante quizá aparezca alguien cuyo intelecto logre reducir mi quimera a un lugar común; un intelecto más sosegado, más lógico y mucho menos impresionable que el mío, capaz de percibir, en las circunstancias que voy a describir con espanto, tan sólo una vulgar sucesión de causas y efectos naturales.

En mi infancia destaqué por la docilidad y bondad de mi carácter. Mi corazón era tan tierno que llegó a convertirme en blanco de las bromas de mis compañeros. Me gustaban especialmente los animales y mis padres me consentían regalándome una gran variedad de ellos. Pasaba a su lado la mayor parte del tiempo y nunca era tan feliz como al darles de comer y acariciarlos. Esta peculiaridad de mi carácter creció conmigo, y en mi vida adulta supuso una de mis principales fuentes de placer. A quienes se hayan encariñado alguna vez con un perro fiel y sagaz no necesito explicarles la naturaleza o intensidad de la satisfacción que suscita. Hay algo en el generoso y sacrificado amor de un animal que llega directamente al corazón de quien haya probado con frecuencia la nimia amistad e ínfima fidelidad del hombre común.

Me casé joven y descubrí feliz que el carácter de mi mujer congeniaba con el mío. Al percatarse de mi debilidad por los animales, no perdía oportunidad de procurarme los más agradables. Teníamos pájaros, peces de colores, un buen perro, conejos, un mono pequeño y *un gato.*

Este último era un animal considerablemente grande y hermoso, enteramente negro, y con un grado de sagacidad sorprendente. Al hablar de su inteligencia, mi mujer, que en el fondo estaba algo influida por la superstición, hacía frecuentes alusiones a la antigua creencia popular de que todos los gatos negros son brujas disfrazadas. No quiero decir con esto que lo tomara en serio y menciono este asunto por el sencillo motivo de que precisamente ahora acabo de recordarlo.

Plutón, que así se llamaba el gato, era mi animal preferido y mi compañero de juegos. Sólo yo le daba de comer y él me seguía por toda la casa, fuera donde fuera. Me costaba mucho evitar que me siguiera también por la calle.

Nuestra amistad continuó así varios años, durante los cuales mi temperamento y mi carácter (me sonrojo al confesarlo) se alteraron radicalmente por mediación del demonio de la Incontinencia. Día tras día me fui volviendo más temperamental, malhumorado e indiferente a los sentimientos ajenos. Me permitía dirigirme a mi mujer empleando un lenguaje injurioso. Con el tiempo, llegué a mostrarme violento con ella. Mis animales, por supuesto, también notaron el cambio en mi manera de ser. No sólo los tenía abandonados, sino que me ensañaba con ellos. A *Plutón,* sin embargo, seguí teniéndole el suficiente respeto para reprimirme de maltratarle como hacía sin escrúpulos con los conejos, el mono y hasta el perro cuando, de casualidad o movidos por el cariño, se cruzaban en mi camino. Pero mi mal fue a peor —pues ¿existe enfermedad comparable al alcohol?— y por fin el propio *Plutón,* que estaba viejo y se había hecho algo gruñón, empezó a notar las consecuencias de mi mal humor.

Una noche, al volver a casa muy ebrio tras una de mis correrías por la ciudad, me pareció que el gato procuraba evitarme. Lo logré atrapar, pero, asustado ante mi violencia, me hizo una pequeña herida al clavarme levemente los dientes en la mano. Al instante me poseyó una furia del demonio. Me convertí en otro. Mi alma verdadera pareció abandonar súbitamente mi cuerpo y una maldad más que diabólica, alimentada por la ginebra, estremeció cada fibra de mi ser. Sacando del bolsillo de mi chaleco un cortaplumas, lo abrí, tomé al pobre animal por el pescuezo y deliberadamente le cercené un ojo, arrancándoselo entero. Me sonrojo, me consumo, tiemblo al relatar tan abominable atrocidad.

Cuando la razón llegó con la mañana, cuando el sueño disipó los vapores de la desmesura nocturna, experimenté una mezcla de espanto y remordimiento por el crimen que había cometido; pero era apenas un sentimiento débil y equívoco, que no me llegaba al alma. Caí una vez más en el exceso y pronto ahogué en vino todo recuerdo de lo sucedido.

El gato, entretanto, mejoraba lentamente. La cuenca del ojo perdido tenía, es cierto, un aspecto pavoroso, pero el animal ya no parecía sentir dolor. Se paseaba por la casa igual que siempre, aunque, como era de esperar, huía aterrorizado al verme. Yo conservaba el suficiente corazón para apenarme ante la palpable antipatía de un animal que tanto llegó a quererme. Pero este sentimiento pronto dio paso a la irritación. Y entonces llegó, para mi derrumbe final e irrevocable, el espíritu de la PERVERSIDAD. La filosofía no contempla este espíritu; sin embargo, tan seguro estoy de que mi alma existe como de que la perversidad es uno de los impulsos primitivos del corazón humano, una de las facultades primarias indivisibles, uno de los sentimientos que gobiernan el carácter del hombre. ¿Quién no se ha visto a sí mismo cometer cien veces un acto necio o malvado por la sencilla razón de que *no debía* hacerlo? ¿No tenemos una eterna tendencia que contradice nuestro sentido común, una tendencia a violar lo que constituye *la Ley,* simplemente porque sabemos que lo es? Este espíritu de la perversidad, como ya he dicho, fue mi perdición final. El insondable deseo que tiene el alma de *vejarse,* de violentar su propia naturaleza, de obrar mal por pura maldad, me incitó a continuar y finalmente consumar el daño que había hecho al inofensivo animal. Una mañana, a sangre fría, le pasé una soga por el cuello y lo ahorqué en la rama de un árbol; lo ahorqué con los ojos llenos de lágrimas y con el más amargo remordimiento de mi corazón; lo ahorque *precisamente* porque sabía que me había querido y porque jamás me había dado motivo de agravio; lo ahorqué *precisamente* porque sabía que al hacerlo estaba cometiendo un pecado, un pecado mortal que iba a poner en peligro mi alma al dejarla —si tal cosa fuera posible— fuera del alcance de la infinita misericordia del Dios más misericordioso y terrible.

La noche del día en que cometí tan cruel acto, desperté al grito de «¡Fuego!». Las cortinas de mi cama ardían en llamas. La casa entera se estaba quemando. Con enormes dificultades logramos huir del incendio mi mujer, un sirviente y yo. No se salvó nada. Perdí todos mis bienes terrenales y desde ese momento me abandoné a la desesperación.

No incurriré en la debilidad de establecer una relación de causa y efecto entre el desastre y la atrocidad. Pero estoy detallando una cadena de hechos y no quiero pasar por alto ni un solo eslabón. Al día siguiente del incendio, fui a ver los escombros. Las paredes, excepto una, se habían venido abajo. La que quedaba era un tabique no muy grueso situado en el centro de la casa y sobre el que se había apoyado el cabecero de mi cama. La mayor parte de la escayola había resistido al fuego, hecho que atribuí a que el revoque fuera reciente. En torno al tabique se había reunido un tupido gentío y varias personas parecían estar examinando una parte concreta con gran atención y detalle. Las palabras «¡raro!», «¡curioso!» y otras similares despertaron mi curiosidad. Me acerqué y vi, como grabado en bajorrelieve sobre la superficie blanca, la figura de un gigantesco *gato.* La nitidez de la impresión era verdaderamente maravillosa. En torno al cuello del animal había una soga.

Al contemplar por vez primera esta aparición —pues no se podía considerar otra cosa— me invadieron el asombro y el terror. Pero después la reflexión acudió a socorrerme. Recordé que había ahorcado al gato en un jardín contiguo a la casa. Nada más saberse del incendio, el jardín se había visto colmado por un grupo de personas, alguna de las cuales debió de cortar la soga y tirar al animal a mi cuarto por la ventana abierta. Probablemente sería con intención de despertarme. Las paredes al caer habrían aplastado a la víctima de mi crueldad sobre la escayola del revoque recién puesto, cuya cal, unida a las llamas y al amoniaco del cadáver, daría lugar a la representación tal como yo la había visto.

Si así lograba satisfacer mi razón, aunque no mi conciencia, es indudable que el sorprendente suceso que acabo de narrar me produjo una honda impresión. Pasé meses sin poder librarme del fantasma del gato y durante este tiempo dominó mi espíritu un confuso sentimiento que se asemejaba, sin serlo, al remordimiento. Llegué a lamentar la pérdida del animal y me afané en buscar, por los viles antros donde ya era asiduo, otro de la misma especie y apariencia, que pudiera ocupar su lugar.

Una noche en que me hallaba medio borracho en una taberna más que infame, me llamó la atención un objeto negro que reposaba sobre uno de los inmensos toneles de ginebra o ron que constituían los principales muebles de la estancia. Llevaba varios minutos mirando ese tonel fijamente y me sorprendió no haber advertido antes que tuviera algo encima. Me acerqué y lo toqué con la mano. Era un gato negro muy grande, tan grande como *Plutón* y muy parecido a él en todos los aspectos menos uno. *Plutón* no tenía un solo pelo blanco en todo el cuerpo, mientras que este gato tenía una mancha blanca, enorme aunque sin forma precisa, que le cubría casi todo el pecho.

Apenas tocarle se levantó, ronroneó con fuerza, se frotó contra mi mano y pareció encantado de que le hiciera caso. Era, pues, justamente el animal que andaba buscando. De inmediato propuse al tabernero comprarlo, pero el hombre dijo que no era suyo, que nunca lo había visto ni sabía nada de él.

Seguí acariciándolo y cuando me disponía a volver a casa, el animal pareció tener la intención de acompañarme. Le permití hacerlo, deteniéndome cada cierto tiempo para agacharme y darle unas palmaditas antes de proseguir. Al llegar a casa se domesticó de inmediato y mi mujer tardó poco en tomarle un gran cariño.

Por mi parte, el gato pronto me suscitó aversión. Era exactamente lo contrario de lo que había anticipado, pero —sin saber cómo ni por qué— su evidente cariño por mí más bien me asqueaba e indignaba. Paulatinamente, el asco y la indignación dieron paso a la amargura del odio. Procuraba evitar al animal; una cierta vergüenza y el recuerdo de mi anterior acto de crueldad me refrenaban de maltratarlo físicamente. Durante varias semanas no empleé golpes ni violencia alguna, pero poco a poco —muy gradualmente— llegué a tenerle un odio indecible y a huir en silencio de su detestable presencia, cual de un olor pestilente.

Lo que sin duda contribuyó a mi odio fue descubrir, a la mañana siguiente de haberlo traído a casa, que aquel animal, como *Plutón,* también había perdido uno de sus ojos. Esta circunstancia, sin embargo, le hizo granjearse el cariño de mi mujer, quien, como ya he dicho, poseía en alto grado ese sentimiento de humanidad que en tiempos fuera mi rasgo distintivo y la fuente de mi felicidad más simple y pura.

Conforme aumentaba mi aversión por el gato, sin embargo, tal parecía suceder con su debilidad por mí. Seguía mis pasos con una pertinacia que me costaría hacer entender al lector. Me sentara donde me sentara, se agazapaba bajo mi silla, o saltaba a mis rodillas, atosigándome con sus odiosas caricias. Si echaba a andar se me metía entre los pies casi haciéndome caer, o me clavaba las largas y afiladas uñas en la ropa para poder treparme hasta el pecho. En esos momentos, habiendo querido matarlo de un golpe, me contenía, en parte por el recuerdo de mi primer crimen, pero sobre todo —confesémoslo cuanto antes— por el absoluto *terror* que me daba aquel animal.

Este terror no era exactamente miedo a recibir un daño físico, y, sin embargo, me sería imposible definirlo de otra manera. Casi me avergüenza reconocer —sí, me avergüenza incluso en esta celda de presidiario— que el terrible espanto que me inspiraba aquel animal se había visto aumentado por una de las quimeras más nimias que puedan concebirse. Mi mujer me había hecho notar más de una vez la forma de la mancha de pelo blanco que ya he mencionado y que constituía la única diferencia visible entre aquel extraño animal y el que yo había destruido. El lector recordará que esta marca, aunque grande, había sido en un principio muy imprecisa, pero poco a poco —de manera tan imperceptible que mi razón luchó durante largo tiempo por tacharlo de fantasía— había ido adquiriendo una rigurosa definición en su contorno. Representaba ahora un objeto que me estremezco al nombrar, y por ello lo aborrecía, le tenía pavor, y hubiera querido librarme de aquel monstruo, si me hubiera atrevido; pues ya digo que era la viva imagen de algo atroz, espeluznante. ¡Tenía la forma de una HORCA! ¡Oh, máquina lúgubre y funesta del horror y del crimen, de la agonía y de la muerte!

Entonces mi miseria fue mayor que la del ser humano más miserable. ¡Pensar que un animal irracional, cuyo semejante había yo destruido tan despectivamente, que un *animal* fuera capaz de producir una congoja tan insoportable en *mí,* un hombre creado a imagen y semejanza de Dios! ¡Ay, ni de día ni de noche pude ya gozar de la bendición del reposo! De día, aquella criatura no me dejaba solo ni un instante; y de noche me despertaba hora tras hora en medio de los más espantosos sueños al sentir el aliento caliente del *bicho* en la cara, y su terrible peso —una pesadilla encarnada de la que ya no conseguía librarme— eternamente apostado sobre el *corazón.*

Bajo la presión de semejantes tormentos, sucumbió lo poco que aún quedaba de bueno en mí. Los malos pensamientos se tornaron mis únicos aliados; los más oscuros y malvados pensamientos. Mi acostumbrado mal humor se acrecentó hasta llegar al odio de todo y de todos, siendo mi indulgente mujer, ay, quien sufría con la mayor de las paciencias los repentinos, frecuentes e ingobernables arrebatos de una furia a la que yo me abandonaba ya ciegamente.

Un día bajó ella conmigo, para resolver una tarea doméstica, al sótano de la vieja casa en que nuestra pobreza nos obligaba a vivir. El gato, que venía siguiéndome, casi me hizo caer de cabeza al bajar las empinadas escaleras, irritándome hasta llevarme al borde de la locura. Olvidando en mi furia el pueril temor que hasta entonces me había frenado la mano, empuñé un hacha y descargué un golpe que habría sido necesariamente mortal de haber acertado al animal tal como yo pretendía. Pero lo impidió la mano de mi mujer. Entonces, aguijado por su intromisión, con una rabia más que demoníaca, me zafé de su mano y le hundí el hacha en el cerebro. Murió en el acto, desplomándose sin un quejido.

Consumado este atroz asesinato, me entregué de inmediato y con decisión a la tarea de ocultar el cadáver. Sabía que no podía sacarlo de casa de día ni de noche sin correr el riesgo de que me vieran los vecinos. Varias posibilidades me pasaron por la cabeza. Por un momento me planteé descuartizar el cuerpo en fragmentos diminutos y quemarlos después. A continuación, decidí cavar una tumba en el suelo del sótano. También pensé en arrojarlo al pozo del patio, o meterlo en una caja como si fuera una mercancía y hacer lo acostumbrado, es decir, llamar a un mozo de cuerda para que se lo llevara de la casa. Finalmente, di con lo que me pareció un recurso mucho mejor que todo el resto. Resolví emparedarlo en el sótano, tal como se dice que los monjes de la Edad Media tapiaban a sus víctimas.

El sótano se prestaba bien a dicho propósito. Las paredes eran poco sólidas y estaban recién enfoscadas con un mortero basto que la humedad del ambiente no había dejado endurecer. Además, en una de las paredes sobresalía una falsa chimenea rellena para asemejarla al resto del sótano. Sin duda me sería muy fácil sacar los ladrillos de este lugar, insertar el cadáver y volver a tapiarlo de manera que no resultara sospechoso.

Y no erré en mis cálculos. Una palanca me valió para quitar los ladrillos y, equilibrando el cuerpo sobre la pared interna, lo mantuve en esa posición mientras sin mayor dificultad volvía a colocar la albañilería tal como estaba. Tras abastecerme de argamasa, arena y serrín, preparé con toda precaución un mortero que no se distinguía del anterior y revoqué cuidadosamente los ladrillos recién puestos. Al terminar, comprobé que había salido todo bien. La pared no mostraba la menor señal de haber sufrido alteración alguna. Barrí los despojos del suelo con la más minuciosa atención. Miré triunfante a mi alrededor y me dije: «Aquí, al menos, mi labor no ha sido en vano».

El paso siguiente fue buscar al animal causante de tanta desgracia, pues finalmente había tomado la firme decisión de matarlo. De haberlo encontrado en aquel momento, su destino habría quedado sellado, pero parecía ser que el astuto animal, alarmado por la violencia de mi primer acceso de cólera, procuraba no hacer acto de presencia mientras durase mi mal humor. Es imposible describir o imaginar la profunda felicidad y la sensación de alivio que me suscitó la ausencia de la detestada criatura. No apareció durante la noche, y así, por vez primera desde su llegada a la casa, pude dormir profunda y tranquilamente, sí, *dormir,* aun con el peso del crimen sobre mi alma.

Pasaron el segundo y tercer día y mi torturador no comparecía. Volví a respirar como un hombre libre. ¡El monstruo, aterrorizado, había huido de casa para siempre! ¡No tendría que volver a verlo! ¡Mi felicidad era absoluta! La culpa de mi siniestra acción me preocupaba poco. Se hicieron algunas pesquisas, a las que respondí de buena gana. Incluso iniciaron una búsqueda, aunque, por supuesto, nada se halló. Mi felicidad futura me parecía asegurada.

Al cuarto día del asesinato, un grupo de policías se presentó inesperadamente y procedió a una nueva y rigurosa investigación de la casa. Convencido, sin embargo, de lo inconcebible de mi escondite, no sentí la menor inquietud. Los agentes me pidieron que los acompañara en su búsqueda. No dejaron hueco ni rincón sin explorar. Finalmente, por tercera o cuarta vez, bajaron al sótano. Ni un músculo me tembló. El corazón me latía tranquilamente, como el de quien dormita sabiéndose inocente. Recorrí el sótano de punta a cabo. Con los brazos cruzados sobre el pecho, paseé tranquilamente de aquí para allá. Los policías quedaron plenamente satisfechos y se disponían a marcharse. El júbilo de mi corazón era demasiado grande para reprimirlo. Ardía en deseos de decir aunque fuera una sola palabra, para recalcar mi triunfo y hacerles afianzar doblemente mi inocencia.

—Caballeros —dije al fin, cuando el grupo ascendía la escalera—, me complace enormemente haber acallado sus sospechas. Les deseo a todos bienestar, y algo más de cortesía. Dicho sea de paso, caballeros, mi casa... es una casa muy bien construida —apenas sabía lo que decía, en mi ferviente deseo de decir algo llanamente—. Hasta diría que es una casa *magníficamente* bien construida. Estas paredes... ¿ya se marchan, caballeros?... estas paredes tienen una enorme solidez.

Y entonces, en un arrebato bravucón, di con un bastón que llevaba en la mano varios golpes fuertes precisamente en la parte del enladrillado que cubría el cadáver de la esposa de mi corazón.

¡Pero que Dios me ampare y me libre de los colmillos del archidemonio! Apenas se hizo el silencio tras cesar el eco de mis golpes cuando contestó una voz desde el interior de la tumba. Un gemido, al principio sordo y entrecortado, como el llanto de un niño, que creció en seguida hasta convertirse en un chillido largo, agudo y continuo, un grito quejumbroso, mitad de horror, mitad de triunfo, que sólo pudo haber brotado del infierno, de las gargantas unísonas de los condenados en su agonía y de los demonios exultantes ante su condena.

Hablar de mis pensamientos sería una necedad. Turbado el sentido, fui tambaleándome hasta la pared opuesta. Por un instante el grupo de hombres permaneció inmóvil sobre la escalera, paralizado de terror y asombro. Al momento, una docena de recios brazos acometieron la pared, que cayó de una. El cadáver, ya muy corrompido y cubierto de sangre coagulada, apareció de pie ante los ojos de los presentes. Sobre su cabeza, roja la boca abierta y reluciente el ojo solitario, se agazapaba la monstruosa bestia cuya astucia me había arrastrado al asesinato y cuya voz acusadora me entregaba al verdugo. ¡Había tapiado al monstruo entre las paredes de la tumba!

EL TONEL DE AMONTILLADO

Había soportado con toda mi entereza mil ofensas por parte de Fortunato, pero cuando se atrevió a insultarme juré que me vengaría. Sin embargo, conociendo como conocéis la naturaleza de mi alma, ya supondréis que no llegué a proferir amenaza alguna. Ya me vengaría *a la larga;* esto quedaba firmemente decidido, pero la propia firmeza de mi resolución excluía toda idea de riesgo. No sólo debía yo castigar, sino castigar con impunidad. Un agravio no se enmienda si el castigo alcanza al enmendador; y tampoco se enmienda si el vengador no consigue darse a conocer como tal ante el autor del agravio.

Entiéndase, pues, que ni de palabra ni de obra había dado yo a Fortunato motivo para dudar de mi buena voluntad. Seguí sonriéndole como tenía por costumbre y no advirtió que mi sonrisa, *ahora,* nacía al pensar en su inmolación.

Tenía un punto débil este Fortunato, aunque en otros sentidos fuera un hombre que se hacía respetar, y aun temer. Le llenaba de orgullo ser un entendido en vinos. Pocos italianos tienen en esto el talento del verdadero virtuoso. La mayoría suelen adaptar su entusiasmo al momento y la oportunidad, a fin de engañar a los millonarios ingleses y austriacos. En pintura y en joyería, Fortunato era un charlatán, como todos sus paisanos, pero en lo tocante a vinos añejos era sincero. No era yo muy distinto de él en este aspecto; también conocedor de las cosechas italianas, compraba en abundancia siempre que podía.

Una tarde al anochecer, estando la gran locura del carnaval en todo su apogeo, me encontré con mi amigo. Me abordó con excesiva cordialidad, pues había estado bebiendo mucho. El hombre iba vestido de bufón. Llevaba un ceñido traje a rayas abigarradas y, en la cabeza, el típico gorro cónico con cascabeles. Me alegré tanto de verle que podía haber pasado horas estrechándole la mano.

—Mi querido Fortunato —le dije—. Es una suerte haberte encontrado. ¡Qué aspecto tan espléndido tienes hoy! Sucede que acabo de recibir un tonel de vino que pasa por amontillado, pero tengo mis dudas.

—¿Cómo? —dijo él—. ¿Amontillado? ¿Un tonel? ¡Imposible! ¡Y a mitad del carnaval!

—Tengo mis dudas —contesté—, pero he sido lo bastante tonto para pagarlo a precio de amontillado sin consultarte antes. No lograba dar contigo y temía desperdiciar una buena oportunidad.

—¡Amontillado!

—Tengo mis dudas.

—¡Amontillado!

—Y debo librarme de ellas.

—¡Amontillado!

—Como tienes otros quehaceres, me voy a buscar a Lucresi. Si hay alguien capaz de discernir, es él. Me dirá si...

—Lucresi no distingue entre el amontillado y el jerez.

—Mas no faltan necios que comparan su paladar con el tuyo.

—Ven. Vayamos pues.

—¿Adónde?

—A tu bodega.

—No, amigo mío. No quiero abusar de tu bondad. Ya veo que tienes un compromiso. Lucresi...

—No tengo ningún compromiso. Vamos.

—No, amigo mío. No es eso lo que me preocupa, sino el fuerte catarro que veo que tienes. La bodega es tremendamente húmeda y está cubierta de salitre.

—Así y todo, vayamos. Este catarro no es nada. ¡Amontillado! Te has dejado engañar. En cuanto a Lucresi, no distingue el jerez del amontillado.

Mientras hablaba, Fortunato me tomó del brazo. Yo me puse un antifaz de seda negra, y embozándome en una *roquelaure*, me dejé llevar apresuradamente hacia mi *palazzo*.

En mi casa no había sirvientes, pues habían huido a divertirse en las fiestas del carnaval. Les había dicho que no pensaba regresar hasta la mañana siguiente, dándoles órdenes expresas de no salir de casa. Tales órdenes habían bastado, como bien sabía yo, para asegurar la inmediata desaparición de todos ellos apenas les hube dado la espalda.

Saqué dos antorchas de sus candeleros y, dando una a Fortunato, le hice atravesar una sucesión de habitaciones hasta llegar al arco abovedado que daba acceso a la bodega. Comencé a descender una larga escalera de caracol, rogándole que me siguiera con precaución. Al fin llegamos al último peldaño y pisamos juntos el húmedo suelo de las catacumbas de los Montresor.

Mi amigo andaba tambaleándose y los cascabeles de su gorro tintineaban a cada paso que daba.

—El tonel —dijo.

—Está más adelante —dije yo—; pero observa el manto blanco que brilla en las paredes de estas cavernas.

Se volvió hacia mí y me miró a la cara con dos luceros turbios que destilaban el flujo de su embriaguez.

—¿Salitre? —preguntó, al cabo de un momento.

—Salitre —respondí—. ¿Desde cuándo tienes esa tos?

—¡Uf, uf, uf! —tosió mi pobre amigo, a quien resultó imposible contestar durante varios minutos.

—No es nada —dijo por fin.

—Ven —dije con decisión—. Volvamos; tu salud es preciosa. Eres rico, respetado, admirado, querido; eres feliz, como yo llegué a serlo. A ti te echarían de menos. En mi caso, poco importa. Volvamos, que vas a enfermar y no quiero ser el responsable. Además, siempre está Lucresi, que...

—Basta —dijo él—. Esta tos es una nadería que no me va a matar. No voy a morir por tener una tos.

—Cierto, cierto —respondí—. Y, en efecto, no tenía intención de preocuparte sin motivos, pero deberías tomar las precauciones necesarias. Un trago de este Medoc nos protegerá de la humedad.

Abrí una botella que tomé de una larga hilera de varias idénticas que yacían sobre el suelo de tierra.

—Bebe —dije, presentándole el vino.

Con una mirada voluptuosa, llevóse la botella a los labios. Se detuvo y me dedicó el clásico gesto de alzar la cabeza, haciendo tintinear los cascabeles.

—Brindo —dijo— por los enterrados que reposan a nuestro alrededor.

—Y yo por que tengas una larga vida.

Volvió a tomarme del brazo y seguimos adelante.

—Estos sótanos son inmensos —dijo.

—Los Montresor —contesté— fueron una importante y numerosa familia.

—He olvidado vuestro escudo de armas.

—Un gran pie dorado sobre un fondo azur; el pie aplasta una serpiente rampante que le clava los dientes en el talón.

—¿Y el lema?

—*Nemo me impune lacessit*[1].

—¡Bueno es! —dijo.

Le brillaba el vino en los ojos y tintineaban los cascabeles. En cuanto a mí, el Medoc también me había estimulado la imaginación. Atravesamos muros hechos de huesos apilados sobre toneles y pipas, hasta llegar a los recovecos más recónditos de las catacumbas. Me detuve una vez más, atreviéndome ahora a tomar del brazo a Fortunato por encima del codo.

—¡El salitre! —dije—. Mira, va en aumento. Cuelga como musgo de las bóvedas. Estamos bajo el lecho del río. Las go-

---

[1] Nadie me ataca impunemente. *(N. de la T.)*

tas de humedad se filtran entre los huesos. Ven conmigo; volvamos antes de que sea demasiado tarde. Esa tos...

—No es nada —dijo—. Sigamos. Pero antes, otro trago de Medoc.

Abrí un frasco de De Grâve y se lo alcancé. Lo vació en un suspiro. Los ojos le brillaban con un intenso fulgor. Soltó una carcajada y lanzó la botella al aire, haciendo un gesto que no entendí.

Lo miré sorprendido y repitió el movimiento, que era grotesco.

—¿No lo entiendes? —preguntó.

—No —respondí.

—Entonces no eres de la hermandad.

—¿Cómo?

—No eres un masón.

—Sí, sí —dije—. Sí lo soy.

—¡Imposible! ¿Tú? ¿Un masón?

—Un masón —respondí.

—Dame una señal —dijo.

—Ésta es —contesté, sacando una pala de entre los pliegues de mi *roquelaure.*

—Te burlas de mí —exclamó, retrocediendo varios pasos—. Pero vayamos en pos del amontillado.

—Así sea —dije, guardando la herramienta bajo la capa y volviendo a ofrecerle el brazo. Fortunato se apoyó pesadamente en él y continuamos nuestro camino en busca del amontillado. Pasamos por una andana de arcos bajos, descendimos, seguimos adelante y, tras bajar otra vez, llegamos a una profunda cripta donde el aire estaba tan cargado que la llama de nuestras antorchas quedó velada.

Del lado más recóndito de la cripta nacía otra menos amplia. Ésta tenía las paredes revestidas de restos humanos apilados hasta el techo, como sucede en las grandes catacumbas de París. Tres lados de la cripta interior estaban engalanados de esta manera. En el cuarto se habían desmoronado los huesos, que yacían revueltos en el suelo, formando un montón de tamaño considerable. Dentro del muro expuesto por la caída de los huesos, vimos aún otra cámara interior, con una profundidad de algo más de un metro, una anchura de unos noventa centímetros y una altura de unos dos metros. No parecía haberse construido con ningún propósito especial, sino que simplemente constituía el intervalo entre dos de los colosales soportes del techo de las catacumbas, y su fondo era uno de los muros de granito macizo que las delimitaban.

Fue inútil que Fortunato, alzando su tenue antorcha, intentara curiosear en las profundidades de la cámara. La débil luz no nos permitía ver sus confines.

—Adelante —dije—. Ahí está el amontillado. En cuanto a Lucresi...

—Es un ignorante —interrumpió mi amigo, que avanzaba tambaleándose mientras yo le seguía, pisándole los talones.

En un instante llegó al fondo de la cámara, donde se detuvo, tontamente desconcertado al ver que la roca le impedía el paso. Unos segundos me bastaron para dejarle encadenado al granito. Clavadas en su superficie había dos argollas de hierro, separadas horizontalmente por unos sesenta centímetros. De una de ellas pendía una cadena corta; de la otra, un candado. Pasándole los eslabones por encima de la cintura, me bastaron unos segundos para aprisionarlo. Él se quedó tan sorprendido que no ofreció resistencia. Tras recuperar la llave, salí de la cámara.

—Pasa la mano por la pared —dije—. Y notarás el salitre. Te aseguro que hay mucha humedad. Una vez más, te *imploro* que regreses. ¿No? Entonces, no me queda más remedio que dejarte. Pero antes debo regalarte con todas las pequeñas atenciones que estén en mi poder.

—¡El amontillado! —exclamó mi amigo, aún no recuperado de su asombro.

—Cierto —respondí—. El amontillado.

Mientras decía estas palabras, me acerqué al montón de huesos que ya he mencionado. Apartándolos, al punto destapé cierta cantidad de mampuestos y mortero. Con estos materiales y haciendo uso de mi pala, me empleé vigorosamente en cerrar la entrada de la cámara.

Apenas hube colocado la primera hilera de mampostería, descubrí que la embriaguez de Fortunato se había disipado en buena medida. La primera señal de ello fue un hondo quejido que salía de las profundidades de la cámara. El grito no era, en absoluto, el de un hombre borracho. Después hubo un largo y obstinado silencio. Coloqué la segunda hilera, y la tercera, y la cuarta; entonces oí la furiosa vibración de la cadena. El ruido duró varios minutos, durante los cuales, para poder escuchar con mayor satisfacción, cesé mi labor y me senté sobre los huesos. Cuando al fin se fueron apagando los golpes de la cadena, volví a tomar la pala y terminé sin interrupción la quinta, sexta y séptima hilera. La pared me llegaba ahora casi hasta el pecho. Paré una vez más y, alzando la antorcha sobre la mampostería, proyecté sus débiles rayos en la figura allí presa.

Una sucesión de chillidos agudos y estridentes, brotando al punto de la garganta de aquella forma encadenada, me hicieron retroceder bruscamente. Durante un instante vacilé, y me eché a temblar. Desenvainando el estoque, empecé a tentar con la punta el interior de la cámara, pero un momento de cavilación logró tranquilizarme. Apoyé la mano sobre el sólido muro de las catacumbas y me di por satisfecho. Volví a acercarme a la cámara. Respondí a los gritos de aquel que clamaba. Los repetí, secundé y sobrepasé en volumen y fuerza. Así hice, y el voceador calló.

Ya era medianoche y mi labor estaba tocando a su fin. Había terminado la octava, la novena y la décima hilera. Acabé una parte de la undécima y última; tan sólo quedaba una piedra por colocar y enfoscar. Luché con su peso; la situé parcialmente en la posición deseada. Pero entonces salió del nicho una carcajada profunda que me erizó todo el pelo de la cabeza. Después se escuchó una voz triste, que me costó reconocer como la del noble Fortunato. La voz decía:

—¡Ja, ja, ja! ¡Je, je! Una broma verdaderamente buena... una broma excelente. Nos hará reír mucho al recordarla en el *palazzo*... ¡je, je, je!... bebiendo un buen vino... ¡je, je, je!

—¡El amontillado! —dije.

—¡Je, je, je! ¡Je, je, je! Sí, el amontillado. Pero, ¿no va siendo algo tarde? ¿No nos estarán esperando en el *palazzo* madama de Fortunato y los demás? Vayámonos.

—Sí —dije—. Vayámonos.

—*¡Por el amor de Dios, Montresor!*

—Sí —dije yo—. ¡Por el amor de Dios!

Pero a estas palabras esperé en vano una respuesta. Me impacienté. Le llamé en voz alta:

—¡Fortunato!

No hubo respuesta. Volví a clamar:

—¡Fortunato!

No hubo respuesta alguna. Metí una antorcha por la abertura que quedaba y la dejé caer dentro. La sola réplica que obtuve fue un tintineo de los cascabeles. Se me encogió el corazón al pensar en la humedad de las catacumbas, y me apresuré a terminar mi labor. Encajé a la fuerza la última piedra y la enfosqué. Ante la mampostería recién acabada volví a levantar la pila de huesos tal como estaba antes. En medio siglo, ningún mortal los ha perturbado. *¡Requiescat in pace!*[2].

---

[2] Descanse en paz. *(N. de la T.)*

EL POZO Y EL PÉNDULO

Impia tortorum longas hic turba furores
Sanguinis innocui, non satiata, aluit
Sospite nunc patria, fracto nunc funeris antro,
Mors ubi dira fuit vita salusque patent[1].

(Cuarteto compuesto para las puertas de un mercado que ha de ser erigido en el solar de la sede del Club de los Jacobinos en París).

Estaba enfermo, al borde de la muerte tras una larga agonía, y cuando por fin me desataron y me permitieron sentarme, supe que estaba a punto de perder el sentido. La sentencia, la pavorosa sentencia de muerte, fue la última dicción comprensible que llegó a mis oídos. Después, el sonido de las voces inquisidoras pareció fundirse en un vago murmullo aletargado que me trajo a la mente la idea de *revolución,* quizá por asociarla en mi imaginación al rumor de una rueda de molino. Esto duró tan sólo un lapso breve, pues luego no oí nada más. Pero durante un rato seguí viendo; ¡mas con qué exageración tan terrible! Vi los labios de los jueces togados de negro. Me parecieron blancos, más blancos que la hoja en que trazo estas

---

[1] La traducción aproximada sería: «La impía cuadrilla de torturadores alimentó su desatada furia con la sangre de los inocentes y no quedó satisfecha. Ahora que la patria está a salvo, se ha destruido la cueva fúnebre; donde moraba la muerte atroz aparecen la vida y la salud». *(N. de la T.)*

palabras, y afilados hasta resultar grotescos; afilados por la intensidad de su expresión de firmeza, de su resolución inflexible, de su cruel desprecio del dolor humano. Vi que los decretos de lo que para mí era el destino brotaban aún de aquellos labios. Los vi torcerse al dar un veredicto mortal. Los vi enunciar las sílabas de mi nombre; y me sobrecogí porque no hubo sonido alguno. También vi, durante unos instantes de espantoso delirio, el ondeo leve y casi imperceptible de los cortinajes negros que cubrían los muros de la estancia. Entonces mis ojos se posaron en las siete largas velas que había sobre la mesa. En un principio eran la estampa de la caridad y parecían siete altos ángeles blancos que me salvarían; pero entonces una náusea de lo más siniestro me llegó hasta el alma y sentí estremecerse cada fibra del cuerpo como si hubiera tocado el cable de una batería galvánica, mientras las formas angelicales se convertían en espectros sin sentido con cabezas incendiadas, y supe que de su parte no iba a venir ayuda alguna. Y como una armoniosa nota musical penetró en mi fantasía el anhelo de descansar dulcemente en una tumba. La idea se formó despacio, con sigilo, y pareció tardar en asentarse del todo, pero justamente cuando mi espíritu ya la sentía y abrigaba, las figuras de los jueces desaparecieron como por arte de magia; las largas velas se sumieron en la nada, sus llamas apagándose por completo; sobrevino la negrura de la oscuridad; todas mis sensaciones parecieron abismarse en un impetuoso y alocado descenso como el del alma al Hades. Después el universo fue silencio, quietud y noche.

Me había desmayado, pero no diré que hubiera perdido por completo la conciencia. Intentar definir o siquiera describir cuanto quedaba de ella me sería imposible, pero no la había perdido del todo. En el más profundo sueño... ¡no! En pleno delirio... ¡no! En medio de un síncope... ¡no! Ante la muerte... ¡no! Ni en la mismísima tumba, se pierde *todo.* De lo contrario, no existiría la inmortalidad para el hombre. Al despertar del más profundo de los sopores, rompemos la fina gasa de un sueño. Pero un segundo después (tan frágil puede haber sido esa gasa) no recordamos haber soñado. Al volver a la vida tras un desvanecimiento, existen dos etapas: en primer lugar, la de la percepción de lo mental o espiritual; en segundo, la de la percepción de la existencia física. Parece probable que si al llegar a la segunda etapa pudiéramos recordar las impresiones de la primera, en ellas habría elocuentes recuerdos del abismo anterior. Y ese abismo, ¿qué es? ¿Cómo podemos al menos distinguir sus sombras de las de la tumba? Pero aunque las impresiones de lo que he llamado la primera etapa no puedan recordarse a voluntad, ¿no se presentan inesperadamente tras un largo intervalo, mientras nos preguntamos maravillados de dónde vendrán? Quien nunca se haya desmayado no será quien halle misteriosos palacios y rostros extrañamente familiares en las ascuas relucientes; no será quien vea flotar en el aire las melancólicas visiones que la mayoría es incapaz de ver; no será quien cavile sobre el perfume de una flor desconocida; ni será a quien le aturda la mente una cadencia musical que jamás le había llamado la atención.

Entre los frecuentes y ensimismados intentos de recordar; entre los serios esfuerzos por apresar algún vestigio del estado de aparente ausencia en que se hallaba mi alma, hubo momentos en que vislumbré el triunfo; breves, muy breves lapsos en que invoqué reminiscencias que, juzgadas con mi lúcida sensatez posterior, sólo podían referirse a esa condición de aparente inconsciencia. Estas sombras de la memoria evocan confusamente unas figuras alargadas que me asieron y me llevaron hacia abajo en silencio, descendiendo más y más, hasta que un horrendo mareo me oprimió tan sólo de pensar en lo interminable del descenso. También evocan el vago horror que invadió mi pecho ante la extraña quietud de mi corazón. Después viene una sensación de súbita inmovilidad de todo cuanto me rodea, como si quienes me llevaban (¡siniestro cortejo!) hubieran rebasado en su descenso los límites de lo ilimitado y descansaran de la fatiga de sus afanes. Tras esto recuerdo sentir cierto abatimiento y humedad; y luego todo es *locura,* la locura de una memoria que se debate entre cosas prohibidas.

Muy bruscamente, mi alma volvió a sentir el movimiento y el sonido; el tumultuoso ímpetu del corazón y, en los oídos, la cadencia de su palpitar. Luego una pausa, en la que sólo había vacío. De nuevo el sonido y el movimiento, y ya el tacto; una sensación de cosquilleo en todo el cuerpo. Luego la simple conciencia de existir, sin pensar; un estado que se prolongó mucho. Entonces, súbitamente, el *pensamiento,* y un sobresalto pavoroso, y un anhelante esfuerzo por comprender mi verdadera condición. Después un intenso deseo de regresar a la insensibilidad. Luego un impetuoso renacer del espíritu y un logrado intento de moverme. Y entonces la completa rememoración del proceso, los jueces, los cortinajes negros, la sentencia, la náusea, el desmayo. Y el pleno olvido de cuanto vino después; de todo cuanto el paso del tiempo y un arduo empeño me han permitido vagamente recordar.

Hasta entonces no había abierto los ojos. Noté que yacía de espaldas, sin trabas. Estiré un brazo, y la mano cayó pesadamente sobre algo húmedo y duro. La dejé varios minutos allí, mientras procuraba imaginar dónde me hallaba y *qué* podría yo ser. Estaba ansioso de abrir los ojos, pero no me atrevía, pues me espantaba descubrir con la mirada los objetos que me rodeaban. No es que temiera contemplar cosas horribles, pero me daba pavor que no hubiera *nada* que ver. Al fin, poseído de una viva desesperación, abrí de golpe los ojos. Mis peores conjeturas se confirmaron. La negrura de la noche eterna me circundaba. Abrí la boca, sin poder apenas respirar. La intensidad de las tinieblas parecía oprimirme y sofocarme. El aire era de una pesadez intolerable. Seguí postrado en silencio, y me dispuse a emplear la razón. Recordé los procesos inquisitorios, intentando deducir a partir de ese punto mi verdadera situación. La sentencia se había emitido; y parecía haber pasado un intervalo de tiempo muy largo desde entonces. Pero ni por un momento me llegué a considerar verdaderamente muerto. Semejante suposición, no obstante lo que leemos en las novelas, es del todo inconsistente con la existencia real; pero, ¿dónde y en qué estado me hallaba yo? Sabía que los condenados a muerte perecían en un auto de fe, y había habido uno precisamente la noche de mi juicio. ¿Me habrían devuelto a mi mazmorra a la espera del siguiente sacrificio, que tendría lugar al cabo de muchos meses? Esto vi de inmediato que era imposible. Había un requerimiento inmediato de las víctimas. Por otra parte, mi mazmorra —como la de todo condenado en Toledo— tenía el suelo de piedra y no carecía por completo de luz.

Entonces una idea espantosa hizo que la sangre se me agolpara en el corazón a borbotones y durante un breve lapso volví a perder el conocimiento. Una vez recuperado, al punto me puse en pie con un temblor convulso que me llegaba hasta la última fibra del cuerpo. Agité los brazos furiosamente hacia arriba y en todas las direcciones. No palpé nada, pero me aterraba dar un solo paso, no fuera a ser que me lo impidieran las paredes de una *tumba*. El sudor me brotaba por todos los poros, perlándome la frente de gotas heladas. Pero la agonía de la incertidumbre acabó siendo intolerable y cautelosamente me moví hacia delante con los brazos rectos, desorbitados los ojos en el deseo de captar el más tenue rayo de luz. Anduve así muchos pasos, pero todo seguía siendo negrura y vacío. Ya respiraba mejor. Parecía evidente, al menos, que el mío no era el más espantoso de los destinos.

Y entonces, mientras continuaba avanzando prudentemente, resonaron en mi memoria mil vagos rumores sobre las atrocidades cometidas en Toledo. De las mazmorras se contaban cosas extrañas —que siempre me parecieron leyendas—, pero tan extrañas y siniestras que no podían repetirse salvo en voz baja. ¿Me dejarían morir de hambre en este oscuro mundo subterráneo, o quizá me aguardara un destino aún más terrible? Conocía demasiado bien el carácter de mis jueces para dudar de que el resultado sería la muerte, y una muerte mucho más amarga que la habitual. Lo único que me preocupaba y afligía era la manera y la hora.

Mis brazos estirados toparon al fin con un obstáculo sólido. Era un muro que parecía de piedra, muy liso, viscoso y frío.

Lo fui siguiendo paso a paso, con todo el atento recelo que me habían enseñado los relatos de otras épocas. Sin embargo, este proceso no me permitía averiguar las dimensiones de mi mazmorra, pues podría dar la vuelta entera y regresar al lugar del que había partido sin advertirlo, de tan perfectamente uniforme como parecía la pared. Por ello busqué la navaja que había tenido en el bolsillo cuando me condujeron a la cámara inquisitorial, pero había desaparecido, y yo en lugar de mi ropa llevaba una túnica de áspera sarga. Pensaba haber clavado la cuchilla en alguna pequeña grieta de la mampostería, para poder identificar mi punto de partida. Sin embargo, la dificultad era trivial, aunque en un primer momento pareciera insuperable a mi imaginación desbordada. Arranqué una tira del bajo del sayo y la estiré cuan larga era, poniéndola en ángulo recto con la pared. Así, al andar a tientas por la prisión, no dejaría de encontrármela una vez completada la vuelta. Eso, al menos, pensaba yo; pero no había contado con la extensión de la mazmorra, ni con mi propia debilidad. El suelo estaba húmedo y resbaladizo. Anduve a trompicones durante un trecho, hasta tropezar y caer. Mi excesivo cansancio me indujo a permanecer postrado y en tal postura el sueño no tardó en vencerme.

Al despertar y estirar un brazo, hallé junto a mí una hogaza y una jarra de agua. Estaba tan agotado que no reflexioné sobre esta circunstancia, sino que comí y bebí en abundancia. Poco después continué mi recorrido del calabozo y, con mucho afán, llegué por fin al jirón de tela. Hasta el momento de mi caída había contado cincuenta y dos pasos y al reanudar mi paseo había contado cuarenta y ocho más, cuando llegué al trapo. En total había, pues, cien pasos; y, siendo dos pasos un metro, calculé que la mazmorra tenía un contorno de cincuenta metros. Sin embargo, había hallado numerosos ángulos en el muro, de manera que no podía adivinar la forma de la cripta, cosa que daba por hecho que era.

Escasa intención —y, sin duda, ninguna esperanza— tenían estas inspecciones, pero una cierta curiosidad me llevó a continuarlas. Apartándome de la pared, resolví atravesar el área del recinto. En un principio avanzaba con enorme cautela, pues el suelo, si bien parecía de un material sólido, era muy traicionero debido al limo. Finalmente, sin embargo, tuve ánimo y no dudé en pisar con firmeza, procurando cruzar en una línea lo más recta posible. Así había avanzado unos diez o doce pasos cuando el resto del dobladillo rasgado de la túnica se me enredó entre las piernas. Lo pisé y caí violentamente de bruces.

En la confusión posterior a la caída no advertí de inmediato una circunstancia algo sorprendente que, varios minutos después y mientras aún yacía postrado, me llamó la atención. Sucedió así: tenía la barbilla apoyada en el suelo de la celda, pero los labios y la parte superior de la cabeza, aunque estaban a una altura menor, no tocaban nada. Al mismo tiempo, un vaho viscoso pareció bañarme la frente, y el olor característico del moho fermentado me entró en las fosas nasales. Estiré el brazo y me sobrecogió descubrir que había caído al borde mismo de una fosa circular cuya extensión, por supuesto, me era imposible descubrir en aquel momento. Tentando la mampostería que se hallaba justamente bajo el borde, logré desprender un pequeño fragmento y lo tiré al abismo. Pasé muchos segundos escuchando sus resonancias en las paredes del pozo al caer. Finalmente hubo una salpicadura sorda, seguida de sonoros ecos. En ese mismo momento se oyó un sonido semejante al rápido abrir y cerrar de una puerta en lo alto, mientras un leve rayo de luz centelleó súbitamente en la penumbra y desapareció con igual prontitud.

Vi claramente el destino que se me deparaba y celebré haberme librado gracias a tan oportuno accidente. Un paso más antes de mi caída, y el mundo no me habría vuelto a ver. La muerte recién evitada tenía precisamente las características que yo había tachado de quiméricas y veleidosas en los relatos sobre la Inquisición. Para las víctimas de su tiranía reservaban una de dos: morir con las más espantosas atrocidades físicas o morir con los sufrimientos morales más horrendos. A mí se me había destinado esta última. Tras largos padecimientos tenía los nervios tan alterados que llegaba a temblar ante el sonido de mi propia voz y era en todos los sentidos un sujeto idóneo para el género de tortura que me aguardaba.

Temblando de brazos y piernas avancé a tientas hasta regresar al muro, resuelto a perecer allí antes que arriesgarme a los horrores de unos pozos que en mi imaginación veía repartidos por toda la mazmorra. Con otro estado de ánimo quizá hubiera tenido valor para acabar de inmediato con mi miseria precipitándome a uno de aquellos abismos, pero entonces era el mayor de los cobardes. Y tampoco podía olvidar cuanto había leído de estos pozos, que la extinción *súbita* de la vida no era parte de su funesto designio.

La agitación de mi espíritu me mantuvo despierto hora tras hora, pero al fin volví a quedar adormilado. Al despertar hallé a mi lado, como antes, una hogaza y una jarra de agua. Una sed ardiente me hizo vaciar el cántaro de un trago. Debía de tener alguna droga, pues apenas hube bebido antes de notar un sopor irresistible. Un sueño profundo me embargó, un sueño como el de la muerte. No sé cuánto duró, desde luego, pero cuando volví a abrir los ojos eran visibles los objetos de mi alrededor. Gracias a un extraño resplandor sulfuroso cuyo origen no pude determinar en un principio, logré ver la extensión y el aspecto de la prisión.

En cuanto a su tamaño, había cometido un gran error. Todo el contorno de sus paredes no pasaba de veinticinco metros. Durante unos minutos este hecho me abrumó a pesar de su nimiedad; sí, nimiedad, pues en las terribles circunstancias que me rodeaban, ¿había algo menos importante que las dimensiones de mi calabozo? Pero mi espíritu mostraba una extraña querencia por las trivialidades y me afané en descubrir el error que había cometido en mis mediciones. Finalmente vislumbré la verdad. En mi primer intento de exploración había contado cincuenta y dos pasos hasta el momento en que caí; debía de estar entonces a uno o dos pasos del trozo de tela, es decir, había dado la vuelta casi entera al calabozo. Después me dormí y, al despertar, debí de volver sobre mis pasos, suponiendo que el contorno medía casi el doble de su verdadero tamaño. La ofuscación de mi mente me impidió advertir que había empezado el recorrido teniendo la pared a la izquierda y lo había terminado con la pared a la derecha.

También me había engañado en cuanto a la forma del recinto. Al tentar las paredes había hallado numerosos ángulos, formando la idea de una enorme irregularidad. ¡Tan potente es el efecto de la oscuridad total sobre quien despierta del letargo o el sueño! Los ángulos eran tan sólo unas leves depresiones o cavidades a intervalos irregulares. La forma general de la celda era cuadrada. Lo que me había parecido mampostería resultó ser enormes planchas de hierro u otro metal, cuyas junturas o soldaduras ocasionaban las cavidades. Toda la superficie de esta cámara metálica estaba toscamente pintada de cuantos ingenios espantosos y repugnantes ha engendrado la fúnebre imaginación de los monjes. Figuras de demonios con gesto de amenaza, esqueletos y otras imágenes aún más espantosas cubrían y desfiguraban las paredes. Observé que las siluetas de estas monstruosidades eran suficientemente claras, pero los colores parecían deslucidos y borrosos, como por el efecto de una atmósfera húmeda. Entonces reparé también en el suelo, que era de piedra y en cuyo centro parecía bostezar el pozo redondo de cuyas fauces había logrado escapar; pero no había ningún otro pozo en la mazmorra.

Todo esto lo vi mal y haciendo un gran esfuerzo, pues mi situación había cambiado enormemente durante el sueño. Ahora yacía de espaldas y completamente estirado sobre una especie de bastidor de madera. Me hallaba bien atado a él con una larga cinta semejante a un cíngulo que casi me cubría el cuerpo y las extremidades, dejando libres sólo la cabeza y el brazo izquierdo de tal manera que con mucho afán podía alcanzar la comida que había en un plato de barro sobre el suelo. Vi con espanto que se habían llevado la jarra. Y digo espanto porque me consumía una sed intolerable. Mis acosadores parecían tener como designio avivar esa sed, pues la comida del plato era carne con un condimento muy picante.

Alzando la vista, observé el techo de mi mazmorra. Estaba a unos diez o quince metros de altura y construido de manera semejante a la de los muros. En una de sus láminas había una figura muy singular que me llamó poderosamente la atención. Era una representación del Tiempo tal como acostumbra a pintarse, salvo que en vez de una guadaña sostenía lo que a primera vista me pareció el contorno de un enorme péndulo semejante a los que vemos en los relojes antiguos. No obstante, había algo en la apariencia de aquel artilugio que me llevó a observarlo con mayor atención. Mientras miraba sin esfuerzo hacia arriba (pues se hallaba inmediatamente encima de mí), me dio la impresión de que se movía. Al instante, la conjetura se confirmó. Su oscilación era breve y, por supuesto, lenta. La observé durante varios minutos con cierto miedo, pero sobre todo con asombro. Cansado, al fin, de observar su tedioso movimiento, volví los ojos sobre los demás objetos de la celda.

Un leve ruido me llamó la atención y, mirando al suelo, vi varias ratas enormes recorriéndolo. Habían salido del pozo, que quedaba al alcance de mi vista hacia la derecha. Aun entonces, mientras las miraba, siguieron saliendo en tropel, apresuradas, con ojos hambrientos, atraídas por el olor de la carne. Dediqué todo mi afán y atención a apartarlas del plato.

Habría pasado media hora, quizá incluso una hora (pues tenía tan sólo una noción imperfecta del tiempo), antes de volver a alzar los ojos. Lo que entonces vi me desconcertó y asombró. El recorrido del péndulo había aumentado en casi un metro. Como consecuencia natural, su velocidad era también mucho mayor. Pero lo que más me preocupó fue la idea de que había *descendido* perceptiblemente. Entonces observé —huelga decir con cuánto horror— que su extremo inferior estaba formado por una media luna de acero reluciente que mediría unos treinta centímetros de punta a punta y cuyo borde inferior era, visiblemente, tan afilado como el de una navaja de afeitar. También parecía recio y compacto cual guillotina, ensanchándose desde el filo hasta formar un sólido y ancho cuerpo superior. Iba unido a una maciza vara de latón, y todo ello *silbaba* al cortar el aire.

Ya no podía dudar del destino que me deparaban los monjes con su ingenio para la tortura. Mi descubrimiento del pozo había llegado a oídos de los inquisidores; *el pozo,* cuyos horrores se habían destinado a un hereje tan pertinaz como yo; el clásico pozo del infierno, la última Thule[2] de sus castigos, según se decía. La más fortuita de las casualidades me había impedido precipitarme a dicho pozo, pero sabía que la sorpresa y la trampa incorporadas al tormento contribuían enormemente al carácter grotesco de estas muertes en sus mazmorras. No habiendo caído al pozo, la endemoniada confabulación desistía de arrojarme al abismo y, por lo tanto, al no haber otra alternativa, me destinaba un final diferente y más apacible. ¡Apacible! En mi agonía sonreí de medio lado al pensar en semejante uso de la palabra.

¿De qué valdría rememorar tantas, tantas horas de horror más que mortal, mientras contaba las veloces oscilaciones del acero? Centímetro a centímetro, línea a línea, con un descenso sólo notable tras intervalos que parecían siglos... ¡seguía bajando y bajando! Pasaron días —podría ser que fueran muchos días— antes de que oscilara tan cerca de mí como para abanicarme con su acre aliento. El olor del acero afilado se impregnó en mis fosas nasales. Recé, hastiando al cielo con mis plegarias, para que descendiera más aprisa. Me desesperé hasta la locura y procuré alzarme para quedar en el camino de la temible cimitarra. Mas después sobrevino una súbita calma y me quedé allí postrado sonriendo a la muerte reluciente, como un niño a un exótico juguete.

Hubo otro intervalo de insensibilidad total; fue breve, pues al volver a la vida no aprecié un descenso perceptible del pén-

---

[2] Antiguamente se decía «la última Thule» en referencia a la región más septentrional del mundo. Thule es, de hecho, un pequeño asentamiento esquimal en la costa noroccidental de Groenlandia. *(N. de la T.)*

dulo. Pero pudo haber sido largo, pues sabía que los demonios atentos a mi desmayo podían haber detenido el péndulo a capricho. Además, al despertar me sentí —ay, indeciblemente— enfermo y débil, como tras una prolongada inanición. Aun en la agonía de aquellas horas la naturaleza humana ansiaba alimento. Con un doloroso esfuerzo estiré el brazo izquierdo cuanto me lo permitieron mis ataduras y tomé posesión del pequeño resto que me habían dejado las ratas. Cuando me llevaba una porción a los labios me pasó por la cabeza un amago de alegría... de esperanza. Pero, ¿cómo se me ocurría, a mí, pensar en la esperanza? Era, como digo, un pensamiento a medio formar; el hombre tiene muchos semejantes que no llegan a término. Sabía que era de alegría, de esperanza; pero también advertí que se extinguía sin llegar a madurar. En vano intenté completarlo, recuperarlo. Tanto sufrimiento había anulado casi por completo mis facultades mentales. Era un imbécil, un idiota.

La vibración del péndulo formaba un ángulo recto con mi cuerpo postrado. Vi que la media luna estaba destinada a atravesar el lugar del corazón. Rasgaría la sarga de mi túnica... regresaría a repetir la operación una vez... otra... y otra. A pesar de su recorrido espantosamente amplio (unos diez metros o más) y de la fuerza silbante de su descenso, capaz de hendir hasta los propios muros de hierro, durante varios minutos sólo se aplicaría en rasgar mi túnica. Y ante aquella idea me contuve, pues no osaba ir más allá en mi reflexión. Me demoré en ella con una atención pertinaz, como si tal demora pudiese detener *allí mismo* el descenso del acero. Me obligué a cavilar sobre el sonido de la media luna al atravesar la prenda y el escalofrío característico que produce en los nervios el roce de una tela. Pensé en todas estas frivolidades hasta que empezaron a darme dentera.

Seguía bajando... bajando con sigilo y constancia. En mi enajenamiento, era un placer contrastar la velocidad descendente con la lateral. A la derecha... a la izquierda... de aquí para allá... ¡con el gemido de un espíritu maldito! Hacia mi corazón... ¡con el paso silente del tigre! Reí y sollocé sucesivamente, según me dominara una u otra idea.

Bajaba... ¡bajaba con certeza implacable! ¡Vibraba a escasos centímetros de mi pecho! Luché con violencia, con furia, para liberar mi brazo izquierdo, que sólo podía mover desde el codo. Tras mucho esfuerzo pude llevarme la mano a la boca desde el plato cercano, pero no más. De haber conseguido romper las ataduras por encima del codo, habría agarrado el péndulo para intentar detenerlo. ¡Pero tratar de detener un alud habría sido más fácil!

Bajaba... ¡seguía bajando incesante, inevitablemente! Con cada oscilación yo boqueaba y me debatía. Ante cada pasada me encogía convulso. Mis ojos seguían las curvas hacia abajo o hacia arriba con la ansiedad de la desesperación más atroz; se cerraban espasmódicamente a cada descenso, aunque la muerte habría sido un alivio, ay, ¡cuán inenarrable! Pero me temblaba cada nervio al pensar que el menor descenso del mecanismo precipitaría sobre mi pecho esa hacha afilada y resplandeciente. Era la esperanza lo que hacía temblar el nervio y apocarse el ánimo. Era la *esperanza,* esa esperanza que triunfa en el potro de tortura, ésa que también en las mazmorras de la Inquisición susurra al oído de los condenados a muerte.

Vi que unas diez o doce oscilaciones pondrían el acero en contacto inmediato con mi túnica y ante esta observación invadió mi espíritu toda la profunda y serena calma de la desesperación. Por vez primera en muchas horas —o quizá días—, me puse a *pensar.* Entonces se me ocurrió que el vendaje o cíngulo que me apresaba era sólo *uno.* No estaba atado por ninguna otra cuerda. El primer roce de la afiladísima media luna sobre cualquier parte de la banda la soltaría de manera que pudiera desenvolverme el cuerpo con la mano izquierda. Pero, en ese caso, ¡qué terrible la proximidad del acero! ¡Qué peligroso el resultado del menor forcejeo! Por otra parte, ¿era pensable que los esbirros del torturador no hubieran anticipado y previsto esa posibilidad? ¿Cabía pensar que el vendaje me cubriera el pecho precisamente en la trayectoria del péndulo? Temiendo frustrar lo que parecía mi última y tenue esperanza, levanté la cabeza lo bastante para poder verme el pecho con claridad. El cíngulo me envolvía por completo las extremidades y el cuerpo, *salvo en el trayecto de la media luna asesina.*

Apenas había dejado caer la cabeza a su postura original cuando me pasó por la cabeza un destello que sólo puedo describir como la mitad informe de aquella idea de liberación a que he aludido previamente y de la que entonces sólo una porción flotó imprecisa en mi mente mientras llevaba comida a mis labios escocidos. Ahora se había consumado el pensamiento entero —débil, apenas sensato, apenas preciso—, pero aun así entero. De inmediato, con la nerviosa energía de la desesperación, procedí a ejecutarlo.

Las proximidades inmediatas del bastidor donde me hallaba postrado llevaban horas atestadas de ratas. Eran criaturas salvajes, audaces, hambrientas, cuyos ojos rojos me vigilaban relucientes, como esperando verme inmóvil para convertirme en su presa. «¿A qué comida —pensé— se habrán acostumbrado en el pozo?»

A pesar de mis esfuerzos por apartarlas, habían devorado todo el contenido del plato salvo un pequeño resto. Me había acostumbrado a mover acompasadamente la mano sobre el recipiente, hasta que la regularidad mecánica del movimiento le hizo perder todo efecto. En su voracidad, las alimañas a menudo me clavaban sus afilados colmillos en los dedos. Con las partículas de la aceitosa y especiada vianda que quedaba, me embadurné el vendaje hasta donde alcanzaba, y después, levantando la mano del suelo, me quedé quieto, conteniendo la respiración.

Al principio, las hambrientas criaturas se sorprendieron y asustaron con el cambio, con el cese de movimiento. Retrocedieron espantadas y muchas huyeron hacia el pozo. Pero esto duró sólo un momento. No en vano había yo contado con su voracidad. Al verme permanecer inmóvil, una o dos de las más audaces saltaron sobre el bastidor y olisquearon el cíngulo. Esto pareció ser la señal para una revuelta general. Del pozo salieron precipitadamente más refuerzos. Treparon por la madera, rebasándola, y saltaron a centenares sobre mi cuerpo. El acompasado movimiento del péndulo no las molestaba en absoluto. Esquivando sus batidas, se consagraron al vendaje ungido. Se apretujaban y apiñaban sobre mí en montones cada vez más concurridos. Me reptaban por el cuello; sus hocicos fríos buscaban los míos; la fuerza de su peso casi me ahogaba. No hay en este mundo un nombre para el asco que me anegaba el alma y me encogía con un frío viscoso el corazón. Pero un minuto más, y presentía que aquel tormento habría acabado. Era evidente que las ataduras se habían soltado. Sabía que debían estar rotas en más de un sitio. Con una determinación que excedía lo humano, no me moví.

No había errado en mis cálculos, ni padecido aquello en vano. Por fin, percibí que estaba *libre.* El cíngulo colgaba en tiras de mi cuerpo. Pero la batida del péndulo ya me rozaba el pecho. Había rajado la sarga de mi túnica. Deshilachaba ahora la tela de debajo. Dos veces volvió a pasar y un agudo dolor me atravesó cada nervio. Pero había llegado el momento de escapar. Nada más mover la mano, mis salvadoras huyeron en tropel. Con decisión y cautela, me moví de lado, encogiéndome y rodando despacio hasta liberarme de las ataduras y eludir el alcance de la cimitarra. Por el momento, al menos, *era libre.*

¡Libre! ¡Y en las garras de la Inquisición! Apenas hube abandonado aquel camastro del horror para pisar la piedra de la mazmorra cuando cesó el movimiento de aquel artilugio infernal y lo vi ascender, manejado por una fuerza invisible, hasta desaparecer por el techo. Desesperado como estaba, me tomé a pecho aquella lección. Sin duda vigilaban todos y cada uno de mis movimientos. ¡Libre! Apenas hube soslayado la muerte bajo una forma de tortura, se me deparaba otro tormento aún peor que la muerte. Con esta idea presente paseé los ojos nerviosos por las tapias de hierro que me cercaban.

Era evidente que algo extraño, un cambio que al principio no pude distinguir claramente, había tenido lugar en aquella estancia. Sumido en una abstracción quimérica y temblorosa, dediqué muchos minutos a vanas e incoherentes conjeturas. Durante este lapso advertí por primera vez el origen de la luz sulfurosa que iluminaba la celda. Procedía de una hendidura que tendría un centímetro de ancho y rodeaba la mazmorra entera al pie de las paredes, aparentemente separadas por completo del suelo. Quise, por supuesto sin lograrlo, mirar por la abertura.

Al ponerme en pie tras el intento, comprendí de golpe el misterio de la alteración de la cámara. He mencionado que, pese a ser suficientemente claros los contornos de las figuras pintadas en las paredes, los colores parecían borrosos e indefinidos. Dichos colores habían adquirido, por momentos, un sorprendente e intensísimo brillo, dando a aquellos retratos espectrales y diabólicos un aspecto que habría sobrecogido ánimos más firmes que el mío. Ojos demoníacos, de una viveza salvaje y fantasmal, me miraban furiosos desde mil direcciones, donde ninguno había sido antes visible, y relucían con el espeluznante destello de un fuego que mi imaginación no alcanzaba a tachar de irreal.

¡Irreal! ¡Al respirar me impregnó la nariz un olor a vapor de hierro candente! El tufo sofocante fue penetrando la mazmorra. El creciente resplandor iluminaba cada vez más aquellos furibundos ojos que contemplaban mi tormento. Un intenso tono carmesí fue impregnando los sangrientos horrores representados en las paredes. ¡Me faltaba el aire! ¡Apenas podía respirar! No me cabía duda en cuanto al designio de mis torturadores. ¡Ay, los más implacables, los más demoníacos de los hombres! Me aparté del metal incandescente, precipitándome hacia el centro de la celda. Ante la idea de la abrasadora destrucción que se cernía sobre mí, la noción del frescor del pozo me serenó el ánimo como un bálsamo. Corrí a su funesta orilla. Escudriñé el fondo con ojos cansados. El resplandor del techo encendido iluminaba hasta sus más profundos recove-

cos. En un primer instante desesperado, mi espíritu se negó a comprender el significado de lo que veía. Pero la noción fue abriéndose paso y, penetrando mi alma por la fuerza, se labró a fuego en mi mente estremecida. ¡Ay, quién tuviera voz! ¡Ay, horror! ¡Ay, cualquier horror menos éste! Con un gemido, me aparté espantado y hundí el rostro entre las manos, sollozando amargamente.

El calor aumentaba rápidamente y una vez más alcé la mirada, temblando como si tuviera un acceso de fiebre. En la celda había tenido lugar un segundo cambio, que esta vez atañía evidentemente a la *forma.* Igual que antes, al principio fue inútil intentar atisbar o comprender lo que estaba sucediendo. Pero al poco se resolvieron mis dudas. La venganza inquisitorial se había apresurado tras mi doble escapatoria, y ya no habría más distracciones para solazar al Rey de los Terrores. Antes el recinto había sido cuadrado. Vi que ahora dos de sus ángulos de hierro eran agudos y los otros dos, en consecuencia, obtusos. La espantosa diferencia aumentaba velozmente, retumbando con un gemido sordo. En un instante la estancia había trocado su forma por la de un rombo. Pero la alteración no se interrumpió, ni yo esperaba o deseaba su detención. Me hubiera abrazado a esas rojas paredes, llevándomelas al pecho como prenda de una paz eterna. «Morir de cualquier muerte —me decía—, menos la del pozo.» ¡Necio! ¿No era obvio que el propósito del hierro candente era justamente precipitarme *al pozo?* ¿Podría resistir semejante calor? Y aun de ser así, ¿podría soportar tamaña presión? Ya el rombo se estrechaba más y más, con una celeridad que no me dejaba tiempo para la contemplación. Su centro —y, por tanto, su mayor anchura— abarcaba precisamente la boca del abismo. Me aparté aterrado, pero las acuciantes paredes me empujaban impetuosamente hacia delante. Al fin no quedó en el duro suelo de la mazmorra ni un centímetro para mi cuerpo requemado y convulso. Dejé de luchar, pero la agonía de mi alma halló consuelo en un último grito prolongado de desesperación. Advertí que me tambaleaba al borde del pozo... aparté la mirada...

¡Y hubo un rumor discordante de voces humanas! ¡Un gran fragor como de muchas trompetas! ¡Un áspero estruendo como de mil truenos! ¡Las feroces paredes retrocedieron! Una mano tendida me tomó del brazo cuando caía desmayado al abismo. Era la del general Lasalle. El ejército francés acababa de entrar en Toledo. La Inquisición había caído en manos de sus enemigos.

EL HOMBRE DE LA MULTITUD

Ce grand malheur, de ne pouvoir être seul[1].

LA BRUYÈRE

Con razón se dijo de cierto libro alemán que *er lässt sich nicht lesen,* o que «no se deja leer». También existen ciertos secretos que no se dejan contar. Todas las noches mueren hombres en la cama, apretujando entre sus dedos las manos de sus quiméricos confesores, mirándoles lastimeramente a los ojos; mueren con el corazón desesperado y la garganta trémula por la truculencia de esos misterios que *no se dejan contar.* De cuando en cuando, ¡ay!, la conciencia de un hombre lleva el peso de un horror tan enorme que sólo puede soltarlo en la tumba. Y así la esencia de todo crimen queda sin desvelar.

Un atardecer de otoño, no hace mucho tiempo, me hallaba sentado ante el gran ventanal del café del hotel D—, en Londres. Tras varios meses de enfermedad estaba ya convaleciente, y al ir cobrando fuerzas me animaba uno de esos talantes felices que son precisamente lo opuesto al *ennui;* son talantes de la apetencia más entusiasta, en que cae el velo de la visión cerebral —el ἀχλὺς ἡ πρὶν ἐπῆεν[2]— y el intelecto,

[1] Qué gran desgracia la de no poder estar solo. *(N. de la T.)*

[2] Expresión de Homero que significa «la vista nublada que él tenía antes». *(N. de la T.)*

electrizado, sobrepasa con mucho su estado habitual, como la vivaz aunque ingenua razón de Leibniz supera la retórica alocada y endeble de Gorgias. Simplemente respirar ya era una alegría, e incluso varias de las fuentes tradicionales de sufrimiento me proporcionaban algún placer positivo. Sentía por todo un interés sosegado pero curioso. Con un cigarro en la boca y un periódico sobre las rodillas, había estado entretenido la mayor parte de la tarde, ora estudiando detenidamente los anuncios, ora observando la variada concurrencia del salón, ora escudriñando la calle entre el humo que velaba los cristales.

Dicha calle es una de las principales vías de la ciudad, y había estado muy animada durante todo el día. Pero al ir cayendo la noche, el público aumentó de golpe y, con todas las farolas encendidas, dos densas y constantes mareas de población se cruzaban frente a la puerta. A esa hora de la noche nunca me había hallado en una situación parecida y el tumultuoso océano de cabezas me llenó de una emoción deliciosamente nueva. Acabé perdiendo todo interés por los acontecimientos del interior y me quedé absorto contemplando la escena de afuera.

Al principio mis observaciones tomaron un cariz abstracto y genérico. Miraba a los pasajeros en masa y los consideraba en cuanto a su relación con el conjunto. Sin embargo, pronto pasé a los detalles, examinando con minucioso interés las innumerables variedades de hechura, vestimenta, aire, porte, rostro y expresión del semblante.

La mayoría de quienes pasaban, con mucho, tenían un ademán de formalidad satisfecha y sólo parecían estar pensando en abrirse camino entre el gentío. Fruncían el ceño y ponían los ojos en blanco; cuando otros transeúntes los empujaban no daban ninguna señal de impaciencia, sino que se acomodaban la vestimenta y seguían su camino con igual prisa. Otros, también en gran número, se comportaban con nerviosismo, tenían la cara enrojecida, e iban hablando y gesticulando consigo mismos como si la densidad de la muchedumbre los hiciera sentirse solos. Al ver impedido su camino estas personas dejaban súbitamente de mascullar, pero redoblaban sus gesticulaciones y cedían el paso, con una sonrisa ausente y exagerada, a quienes se habían interpuesto. Si les daban un empujón, se inclinaban profusamente ante los responsables, y parecían abrumados por la confusión. Estos dos grandes grupos no tenían nada muy característico, salvo lo ya mencionado. Sus atavíos pertenecían a esa clase que con tanta sagacidad se denomina decente. Eran indudablemente aristócratas, comerciantes, abogados, tenderos, corredores de bolsa; los eupátridas y el común de la sociedad; señoritos que se daban la buena vida y hombres plenamente dueños de sus asuntos, que dirigían sus negocios bajo su propia responsabilidad. Ninguno de ellos me llamó demasiado la atención.

El grupo de los empleados era evidente y en él discerní dos claras divisiones. Estaban los subalternos de las casas rimbombantes, jóvenes con gabanes prietos, zapatos relucientes, pomada en el pelo y labios desdeñosos. Dejando de lado un cierto altildamiento en el porte que podríamos llamar *oficinesco* a falta de mejor palabra, el proceder de estas personas se me antojaba un facsímil exacto de lo que doce o dieciocho meses antes había sido el perfecto *bon ton.* Usaban los modales ya desechados por la clase media, y esto, creo yo, es la mejor definición de su clase.

La división de los empleados superiores de las compañías asentadas, los «vejetes de siempre», era inconfundible. Se distinguían por llevar levitas y calzones negros o marrones, pensados para poder sentarse cómodamente; corbatas y chalecos blancos; zapatos anchos y sólidos; y medias tupidas o polainas. Todos lucían una cabeza algo calva cuya oreja derecha, acostumbrada a llevar siempre un lapicero, tenía la extraña costumbre de ponerse de punta. Advertí que siempre se quitaban o ponían el sombrero con las dos manos y llevaban relojes con cadenas de oro cortas y gruesas, de modelo antiguo. Lo suyo era afectar respetabilidad, si es que existe una afectación tan honorable.

Se veían muchos individuos de aspecto elegante, a quienes en seguida reconocí como pertenecientes a esa estirpe de carteristas petimetres que infesta todas las grandes ciudades. Observé con mucha curiosidad a los miembros de esta nobleza chica y me resultó difícil entender cómo los tomaban por caballeros hasta los caballeros mismos. El volumen de sus puños, unido a un aire de excesiva franqueza, los delataba de inmediato.

Los tahúres, de los que avisté no pocos, eran aún más fácilmente reconocibles. Vestían toda clase de trajes, desde el atavío bravucón del timador de feria, con chaleco de terciopelo, corbatín de colores, cadenas de oro y botones de filigrana, hasta la escrupulosa sobriedad de una sotana, la menos proclive a despertar sospechas. Pero todos se distinguían por el característico brillo cetrino de la piel, la opacidad vidriosa de la mirada y la palidez tensa de los labios. Había, además, otros dos rasgos que siempre me permitían detectarlos: el cauteloso tono bajo al hablar y la longitud más que habitual del pulgar al formar un ángulo recto con los demás dedos. En varias ocasiones observé junto a estos timadores a otros hombres algo distintos en sus hábitos, aun siendo pájaros de la misma calaña. Podrían definirse como los caballeros que viven del cuento. Al acosar al público suelen dividirse en dos batallones: el de los dandis y el de los militares. Las características propias del primer grupo son los bucles largos y las sonrisas; del segundo, las casacas y los ceños fruncidos.

Al descender en la escala de lo que se suele llamar abolengo, hallé objetos de especulación más oscuros y sombríos. Vi buhoneros judíos con unos ojos de lince que chispeaban en rostros donde todos y cada uno de los rasgos traslucían sólo una abyecta humildad; mendigos veteranos de la calle que miraban mal a los pedigüeños de mejor estampa cuya desesperación había llevado a buscar la caridad de la noche; inválidos débiles y cadavéricos en quienes la muerte había posado su mano firme, tambaleándose sigilosos entre la multitud y mirando con anhelo cada rostro como atentos a un consuelo imprevisto, a una esperanza perdida; jóvenes honradas regresando de un trabajo largo y tardío a un hogar triste, esquivando con más pesar que indignación las miradas de los rufianes cuyo roce no lograban evitar; mujeres públicas de toda clase y edad, su belleza inequívoca en la sazón de la feminidad, trayendo a la memoria aquella estatua de Luciano hecha de mármol de Paros y rellena de basura; y vi a la repelente e incurable leprosa cubierta de andrajos; la anciana arrugada, enjoyada y embadurnada de afeites churretosos en su último intento de salvar la juventud; la niña de formas inmaduras, pero por la larga costumbre ya adepta en las pavorosas coqueterías de su oficio y rabiando por igualar a sus mayores en cuestión de vicio; vi borrachos innumerables e indescriptibles, unos cubiertos de harapos y jirones, bamboleándose, incoherentes, el rostro amoratado y la mirada perdida; otros con prendas enteras pero sucias, el titubeo vagamente fanfarrón, los labios carnosos y sensuales, el rostro rubicundo y de aspecto sano; otros vistiendo telas que alguna vez habían sido buenas y que incluso ahora llevaban cumplidamente cepilladas; vi hombres que caminaban a paso más firme y ágil de lo que sería natural, pero con un semblante espantosamente pálido, los ojos atrozmente enrojecidos, la mirada ida, y cuyos dedos temblorosos asían, conforme avanzaban entre la multitud, todos los objetos que tenían a su alcance; y junto a éstos, pasteleros, mozos de cuerda, carboneros, deshollinadores; organilleros, dueños de monos amaestrados, cantantes callejeros y gentes que pedían junto a los que cantaban; artesanos andrajosos y exhaustos trabajadores de lo más variopinto, todos ellos rebosando una vivacidad ruidosa y desordenada que chirriaba discorde en los oídos y hacía doler los ojos.

Al avanzar la noche también aumentó mi interés por la escena, pues no sólo cambió materialmente el carácter general de la multitud (los rasgos más tenues suprimidos al retirarse la parte más ordenada de la población y los más ásperos recalcados conforme la hora tardía sacaba de su guarida a todas las especies más infames), sino que la luz de las farolas de gas, débil en su lucha con el día mortecino, se había impuesto ya y lo iluminaba todo con un intermitente y siniestro resplandor. Era una oscuridad espléndida, como ese ébano al que se ha comparado el estilo de Tertuliano.

Los inciertos efectos de la luz me obligaban a examinar los rostros por separado y, aunque aquel mundo de veloces destellos me impedía dedicar más de una ojeada a cada uno, mi peculiar estado mental me llevó a creerme capaz de vislumbrar historias de años y años en el breve lapso de una mirada.

Seguía con la frente pegada al cristal, dedicado a observar a la multitud, cuando de pronto se hizo visible un rostro (el de un hombre decrépito de unos sesenta y cinco o setenta años de edad) que al punto me llamó y cautivó la atención, debido a la absoluta idiosincrasia de su gesto. Jamás había visto nada que se pareciera ni remotamente a aquella expresión. Recuerdo bien haber pensado en seguida que Retzch, de haberla visto, la habría preferido con mucho a sus propias encarnaciones pictóricas del demonio. Mientras procuraba, durante el breve instante de mi fugaz visión, analizar el significado de aquello, surgieron confusa y paradójicamente en mi cabeza las ideas de enorme poder mental, cautela, penuria, avaricia, frialdad, malicia, crueldad sanguinaria, triunfo, alegría, terror desmesurado, e intensa, máxima desesperación. Me quedé singularmente impresionado, sorprendido, fascinado. «¡Qué historia tan insólita —me dije a mí mismo— lleva escrita en el corazón!» Me invadió un ardiente deseo de no perder de vista a aquel hombre, de saber algo más sobre él. Poniéndome a toda prisa el abrigo y cogiendo mi sombrero y bastón, salí a la calle y me abrí camino entre la multitud en la dirección que le había visto tomar, pues ya había desaparecido. Con no poca dificultad al fin lo divisé y, acercándome, lo seguí de cerca, aunque cautelosamente, para no llamar su atención.

Tuve entonces una buena oportunidad para examinar sus hechuras. Era corto de estatura, muy delgado y parecía enclenque. Su ropa tenía un aspecto sucio y desastrado, pero de cuando en cuando le daba la luz de algún farol y pude ver que la tela, aunque sucia, era de hermosa textura; además, si mis ojos no me engañaban, por un roto que tenía el *roquelaure* —bien abotonado y evidentemente de segunda mano— que le cubría, atisbé un diamante y un cuchillo. Estas observaciones avivaron mi curiosidad y resolví seguir al desconocido dondequiera que fuese.

Era ya noche cerrada y la densa niebla húmeda que encapotaba la ciudad pronto trajo una lluvia persistente y copiosa. Este cambio de tiempo tuvo un curioso efecto sobre la multitud, que al punto sufrió una nueva conmoción, quedando eclipsada por un mundo de paraguas. La agitación, los empujones y el murmullo se multiplicaron por diez. En cuanto a mí, la lluvia no tenía gran importancia, pues mi organismo cobijaba una antigua fiebre que hacía de la humedad un placer peligrosamente placentero. Atándome un pañuelo sobre la boca, seguí adelante. Durante media hora el viejo se abrió paso con dificultad por la ancha avenida y yo iba casi codo a codo con él por miedo a perderlo de vista. Dado que no volvió la cabeza ni una sola vez, no me vio. Al fin entró en una calle transversal que, aun hallándose llena de gente, no estaba tan atestada como la principal que acababa de abandonar. Aquí se hizo evidente un cambio en su actitud. Caminaba más despacio, con menos decisión que antes, y parecía dubitativo. Cruzó y volvió a cruzar la calle varias veces, sin un propósito aparente, y la multitud era tan densa que cada movimiento me obligaba a seguirle de cerca. La calle era larga y estrecha y siguió por ella durante casi una hora mientras los transeúntes disminuían gradualmente hasta llegar al número que suele haber al mediodía en Broadway, junto al parque; así de grande sería la diferencia entre una muchedumbre londinense y la de la ciudad estadounidense más concurrida. Al torcer por segunda vez llegamos a una plaza bien iluminada y rebosante de vida. Reapareció la conducta inicial del desconocido. Dejó caer la barbilla sobre el pecho mientras giraba frenéticamente los ojos en todas las direcciones. Mirando bajo el ceño fruncido a quienes le acorralaban, se iba abriendo paso con firmeza y perseveración. Sin embargo, me sorprendió que al terminar de dar la vuelta a la plaza, volviera sobre sus pasos. Aún me asombró más verle repetir el mismo paseo varias veces, una de ellas casi descubriéndome al volverse de golpe.

A este ejercicio dedicó otra hora, tras la cual nos encontramos con mucho menos estorbo por parte de los transeúntes que al principio. Llovía mucho; había empezado a refrescar; y la gente se había ido marchando a casa. Con un gesto de impaciencia, el paseante tomó por una calle lateral comparativamente desierta. Por ella anduvo casi medio kilómetro con una agilidad que jamás habría soñado ver en una persona de tanta edad, y que me dificultó mucho el seguimiento. Tras varios minutos llegamos a un mercado grande y concurrido, cuyos establecimientos el desconocido parecía conocer bien y donde su conducta anterior volvió a aparecer conforme se abría paso aquí y allá, sin rumbo, entre el tropel de compradores y vendedores.

Durante la hora y media aproximada que pasamos en aquel lugar hube de emplear mucha cautela para tenerle a la vista sin llamar su atención. Por suerte llevaba unos chanclos de caucho que me permitían moverme sin hacer ningún ruido. En ningún momento descubrió que le estuviera observando. Entró en un comercio tras otro, sin preguntar un precio, sin decir una palabra, mirando todos los artículos con una mirada enajenada y ausente. Verdaderamente asombrado ante su conducta, decidí no separarme de él hasta satisfacer en todo lo posible mi curiosidad.

Cuando un sonoro reloj dio las once, la concurrencia ya abandonaba con prisa el mercado. Un tendero que cerraba un postigo dio al viejo un empellón y vi que de inmediato le recorría el cuerpo un fuerte escalofrío. Se apresuró hacia la calle, miró ansiosamente a su alrededor durante unos segundos y corrió a una increíble velocidad por varias callejuelas tortuosas y solitarias hasta volver a salir a la gran avenida de donde veníamos, la calle del hotel D—. Sin embargo, ésta ya no tenía el mismo aspecto. Seguía iluminada con luz de gas, pero llovía con tenacidad y se veían muy pocas personas. El desconocido se puso lívido. Dio varios pasos airados por la antes concurrida calle y luego, con un profundo suspiro, giró en dirección al río e, internándose en una gran variedad de callejuelas retorcidas, salió al fin ante uno de los teatros principales. Estaban a punto de cerrarlo y el público salía en tropel por las puertas. Vi al viejo boquear como si le faltara el aire mientras se apresuraba a meterse entre la multitud, pero me pareció que el profundo sufrimiento de su rostro se había aplacado en cierta medida. Volvió a dejar caer la cabeza sobre el pecho; parecía tal como lo había visto la primera vez. Advertí que ahora seguía el camino que había tomado la mayor parte del público, pero, en su conjunto, me era imposible entender tan caprichosa conducta.

Conforme él avanzaba la multitud se fue desperdigando y reaparecieron el nerviosismo y la vacilación de antes. Durante un tiempo siguió de cerca a un grupo de unos diez o doce fanfarrones, pero uno tras otro se fueron marchando hasta quedar juntos sólo tres en una sombría y estrecha calleja poco concurrida. El desconocido se detuvo y por un momento pareció absorto en sus pensamientos; luego, aparentemente muy agitado, siguió a toda prisa una ruta que nos llevó a los límites de la ciudad, pasando por lugares muy distintos de los que habíamos transitado hasta entonces. Era el barrio más ruidoso de Londres, donde todo tenía las peores trazas de la más deplorable pobreza, y de la más desesperada maldad. A la escasa luz de alguna farola ocasional se veía la madera alta, vieja y carcomida de unos edificios a punto de caerse, inclinados en direcciones tan variadas y caprichosas que apenas podía distinguirse entre ellos algo semejante a un pasillo. Los adoquines de la calle aparecían desperdigados, aquí y allí, levantados de su sitio por la hierba silvestre. De las cloacas atascadas supuraba la más espantosa suciedad. Todo el entorno rebosaba desolación. Sin embargo, conforme avanzábamos, los sonidos de la vida humana iban creciendo gradualmente y al final aparecieron numerosas cuadrillas del más desidioso populacho de Londres, dando tumbos de un lado a otro. El ánimo del viejo volvió a cobrar vida como la llama de una lámpara mortecina. Una vez más regresó a sus andares elásticos. Doblamos súbitamente una esquina, un fogonazo de luz estalló ante nuestros ojos y nos hallamos ante uno de los grandes templos suburbanos de la Intemperancia, uno de los palacios de ese demonio llamado Ginebra.

Casi despuntaba el día, pero una serie de miserables beodos aún salían y entraban por la llamativa puerta. Con un corto grito de alegría el viejo se abrió paso hasta el interior y recobró al punto su conducta inicial, paseando con agilidad entre la multitud, de un lado a otro, sin un propósito aparente. Llevaba poco tiempo dedicado a ello, sin embargo, cuando un agolpamiento de personas en dirección a la puerta evidenció que el dueño estaba a punto de cerrar, dando por terminada la noche. Vi entonces algo aún más intenso que la desesperación en el rostro de aquel ser singular a quien había observado con tanta pertinacia. Pero sin detenerse en su carrera, al punto volvió sobre sus pasos con una energía frenética, enfilando el corazón del poderoso Londres. Corrió mucho y veloz, mientras yo lo seguía con el mayor de los asombros, decidido a no abandonar una indagación que ya absorbía todo mi interés. Salió el sol mientras seguíamos nuestro camino y, cuando llegamos de nuevo a ese concurrido foro de la ciudad que es la calle del hotel D—, había un bullicio y una actividad casi iguales a los que había visto la tarde anterior. Y aquí, largamente, entre la confusión que aumentaba por momentos, me obstiné en mi persecución del desconocido. Pero él, como siempre, andaba de aquí para allá y no salió en todo el día del barullo de aquella calle. Ya al caer las sombras de la segunda noche me entró un cansancio de muerte y, plantándome ante el hombre errante, lo miré derecho a la cara. Sin fijarse en mí, reanudó su caminar solemne mientras yo, dejando de seguirle, permanecía absorto en su contemplación.

—Este anciano —dije finalmente— es el arquetipo y el genio del crimen más arraigado. Se niega a estar solo. *Es el hombre de la multitud.* Será inútil seguirlo, pues nada más aprenderé de él, ni de sus proezas. El peor corazón del mundo es un libro más craso que el *Hortulus Animae*[3], y quizá sea una de las grandes mercedes de Dios que *er lässt sich nicht lesen.*

---

[3] El *Hortulus Animae cum Oratiunculis Aliquibis Superadditis,* de Grünninger. *(Nota del autor).* El *hortulus animae* es «el jardín del alma» que, como decía Poe al principio del cuento, *er lässt sich nicht lesen,* es decir, no se deja leer. *(N. de la T.)*

EL CORAZÓN DELATOR

¡Es cierto! Estaba inquieto. Llevaba meses terriblemente inquieto y soy de disposición exaltada, o muy exaltada; pero ¿por qué decir que estoy loco? La enfermedad había aguzado mis sentidos, no los había anulado ni los había embotado. Por encima de todo, me había afinado el sentido del oído. Me parecía oír todas las cosas del cielo y de la tierra; y también muchas cosas del infierno. ¿Cómo, entonces, voy a estar loco? ¡Escuchad! Y observad cuán saludable es mi ánimo y con qué tranquilidad soy capaz de narrar toda la historia.

Sería arduo determinar cómo penetró la idea en mi cerebro; pero, una vez concebida, me persiguió día y noche. Propósito no había ninguno. Pasión, ninguna. Tenía cariño al viejo. Nunca me había hecho daño. Jamás me había insultado. Su riqueza no me interesaba. Creo que fue su ojo lo que me perturbó. ¡Sí, eso fue! Tenía el ojo de un buitre, un ojo azul pálido, recubierto de una telilla transparente. Cada vez que posaba en mí su mirada, se me helaba la sangre; y así fue como poco a poco, de modo muy gradual, decidí quitar la vida al anciano y librarme del ojo para siempre.

Vayamos a lo central del asunto. Se me tacha de loco. Pero los locos no saben nada. A mí, por el contrario, deberíais haberme visto. Deberíais haber visto la sabiduría con la que procedí, la cautela, la previsión... ¡y el disimulo con el que acudía a trabajar! Nunca fui más amable con el anciano que durante la semana previa a matarlo. Y todas las noches, sobre la medianoche, giraba el pestillo de su puerta y la abría... ¡ay, con cuánta delicadeza! Tras dejar una abertura suficiente para que me pasara la cabeza, metía una linterna oscura, cerrada, opaca, que no dejaba pasar la luz, y entonces metía la cabeza por la rendija. ¡Ay, os hubierais reído al ver la astucia con la que me movía! Adelantaba la cabeza despacio, muy despacio, para no molestar al anciano. Tardaba una hora en pasar la cabeza entera por la abertura, pero me quedaba a una distancia suficiente para alcanzar a verlo acostado en su cama. ¡Ojalá un loco hubiera sido tan sabio! Y después, cuando ya tenía la cabeza bien metida en la habitación, entornaba la linterna con cautela, ¡ay, con tantísima cautela!, porque las bisagras crujían. La entreabría hasta permitir que un hilo de luz cayera sobre el ojo del buitre. Esto lo hice durante siete largas noches, todas las noches justo al dar la medianoche, pero siempre me encontré con el ojo cerrado, cosa que me impedía llevar a cabo la tarea, porque no era el viejo el que me atormentaba, sino su ojo siniestro. Y todas las mañanas, al romper el alba, entraba valeroso en la habitación y le hablaba con desenvoltura, llamándolo por su nombre en un tono cordial y preguntando si había pasado bien la noche. Como puede verse, hubiera tenido que ser un viejo muy perspicaz, ciertamente, para sospechar que todas las noches, a las doce, lo miraba mientras dormía.

En la octava noche fui más circunspecto de lo habitual al abrir la puerta. La manecilla que marca los minutos de un reloj se mueve más deprisa de lo que se movió mi mano aquella noche. Nunca como entonces había tenido una conciencia tan clara del alcance de mi talento ni de mi sagacidad. Apenas podía contener la impresión de un inminente triunfo. Pensar que me hallaba allí, abriendo la puerta, poco a poco, mientras él no sospechaba, ni en sus sueños, mis actos o designios secretos... Me costó aguantar una carcajada al pensarlo; y tal vez el viejo me escuchó; porque se movió en la cama de pronto, como sobresaltado. Podrá pensarse que en aquel momento retrocedí... pero no. Su habitación estaba negra como la brea (porque cerraba las contraventanas por temor a los ladrones) y sabiendo que la espesa oscuridad le impediría ver la abertura de la puerta, seguí empujando poco a poco, empujando sin parar. Tenía la cabeza ya dentro y estaba a punto de descorrer la linterna, con el pulgar sobre el cierre de estaño, cuando el viejo se incorporó en la cama con un respingo, gritando: «¿Quién anda ahí?». Me quedé quieto y no dije nada. Durante una hora entera no moví un músculo, pero en todo ese tiempo no lo oí recostarse de nuevo. Seguía sentado en la cama, escuchando con atención... tal como había hecho yo, noche tras noche, agazapado tras la pared, oyendo hasta el lúgubre tictac de los escarabajos que correteaban por la casa.

En ese momento me llegó un ruidillo desde la cama y supe que era un gemido de terror mortal. No era un grito de dolor o de pena, ni mucho menos, sino el sollozo ahogado que surge del fondo de un alma sobrecogida de espanto. Conocía bien el sonido. ¡Cuántas noches, a medianoche, cuando el mundo entero dormía, había brotado el mismo gemido de mi propio pecho, aumentando con su eco atroz los terrores que me distraían! Por eso digo que lo sabía bien. Sabía lo que estaba padeciendo el anciano y le compadecí, pero me reí para mis adentros. Sabía que había estado despierto desde aquel primer ruido leve, cuando se había incorporado en la cama. Los temores se le habían ido acumulando desde entonces. Entretanto, había intentado convencerse de que eran miedos ridículos, sin lograrlo. Se había estado diciendo a sí mismo: «No es más que el viento en la chimenea o quizá un ratón atravesando la habitación» o «Habrá sido un grillo que haya cantado una sola vez». Sí, el viejo había estado intentando consolarse con aquellas conjeturas, pero todo en vano. Todo inútil. La Muerte, al rondarle, le había envuelto en su manto negro, dejando a la víctima incapaz de moverse. Y la influencia tétrica de aquella sombra invisible fue lo que le hizo presentir, aunque no la hubiera visto ni oído, la presencia de mi cabeza dentro de la habitación.

Tras haber esperado un rato largo, con mucha paciencia, sin haberlo oído recostarse, decidí abrir una rendija pequeña, un resquicio diminuto, en la linterna. Así lo hice, abrí con un sigilo tan callado que cuesta imaginarlo, hasta que por fin un haz de luz tenue, fino como el hilo de la araña, brotó de la linterna y cayó sobre el ojo de buitre. Estaba bien abierto, abierto de par en par, y mientras lo miraba me puse furioso. Lo veía con perfecta nitidez, el iris de un azul apagado, cubierto por un horrible velo que me daba escalofríos, helándome hasta el tuétano; pero no pude ver nada más del rostro ni del cuerpo del anciano, ya que había dirigido el rayo, como por instinto, precisamente sobre aquel lugar maldito. ¿Y no vengo sosteniendo que lo que se confunde con la locura no es más que una agudeza excesiva de los sentidos? En aquel momento, digo, me llegó a los oídos un repiqueteo sordo y veloz, como el que haría un reloj envuelto en algodón. Aquel sonido también lo conocía bien. Era el latido del corazón del anciano. Y acrecentó mi furia, como el redoble de un tambor estimula el coraje del soldado.

Pero todavía me contuve y guardé silencio. Apenas si respiraba. Con la linterna aun entre las manos, sin moverla, procuré mantener el pulso firme para seguir apuntando la luz hacia el ojo. Mientras tanto, el tamborileo infernal del corazón iba en aumento. Sonaba cada vez más deprisa, más deprisa, y cada vez más fuerte, traqueteando sin parar. ¡El espanto del anciano debía de ser tremendo! ¡Retumbaba, digo, cada vez más, por toda la habitación! Recordemos que he admitido ser inquieto por naturaleza y aquello me puso nervioso. A altas horas de la noche, abrumado por el pavoroso silencio de aquel viejo caserón, un sonido tan singular como aquél me desazonaba tanto que sentía un terror insuperable. Sin embargo, logré contenerme durante varios minutos más y seguí sin moverme. Pero la pulsación sonaba cada vez más fuerte, ¡más fuerte! Pensé que aquel corazón iba a estallar en cualquier momento. Y entonces otra preocupación se apoderó de mí: ¡el ruido lo acabaría oyendo un vecino! Aquello me hizo decidir que la hora del viejo había llegado. Con un fuerte alarido, abrí la linterna del todo y entré de un salto en la habitación. El viejo gritó una vez, una sola vez. Me bastó un instante para arrojarlo al suelo y echarle encima el pesado colchón. Sonreí, satisfecho de haber logrado consumar la tarea.

Durante largos minutos el corazón siguió latiendo con un pulso sordo. Pero no me inquieté, pues nadie lo oiría a través de las paredes. Al final el ruido cesó. El viejo había muerto. Levanté el colchón y examiné el cuerpo. Sí, estaba frío como una piedra: difunto al fin. Le puse la mano sobre el corazón y dejé pasar varios minutos. No había latido alguno. Estaba bien muerto. Su ojo ya no me incordiaría más.

Si todavía puede pensar alguno que estoy loco, dejará de hacerlo cuando sepa las sabias precauciones que tomé para ocultar el cuerpo. Avanzaba la noche y procuré trabajar aprisa, pero en silencio. En primer lugar, desmembré el cadáver. Le corté la cabeza, los brazos y las piernas. A continuación, levanté tres tablas del suelo de la habitación y deposité en el hueco los restos del cuerpo. Volví a poner los maderos en su sitio, con tal destreza y tal astucia que ningún ojo humano, ni siquiera el suyo, podría haber advertido algo. No quedó nada que hubiera que lavar, ni mancha alguna, ni rastros de sangre. Mi cautela había impedido nada semejante. Un barreño me había servido bien. ¡Ah, qué inteligencia la mía! Cuando terminé con estas tareas, eran las cuatro de la madrugada, pero la noche estaba oscura como la medianoche. Cuando el reloj daba la hora, alguien llamó a la puerta. Bajé a abrir con toda tranquilidad. ¿Qué había de temer? Entraron tres hombres, que se presentaron con perfectos modales como oficiales de la policía. Un vecino había oído un chillido durante la noche, por lo que se sospechaba que hubiera podido cometerse un crimen; al presentarse esta información en la comisaría, se había designado a aquellos tres agentes para registrar el lugar. Sonreí. ¿Qué había de temer? Di la bienvenida a los caballeros y les expliqué que el grito lo había dado yo mientras soñaba. El anciano dueño de la casa —mencioné de pasada— estaba pasando una temporada en el campo. Llevé a mis visitantes por toda la casa y les rogué que inspeccionaran cuanto quisieran, que lo inspeccionaran todo a fondo. Finalmente, los llevé al dormitorio del viejo. Les mostré sus objetos de valor, a buen recaudo, sin que nadie los hubiera tocado. Feliz de saber que podía confiar en mi argucia, traje unas sillas a la habitación y les rogué que se sentaran a descansar de sus labores policiales. Con la audacia desmedida que me daba mi ardid intachable, coloqué mi propia silla en el lugar exacto bajo el que descansaba el cadáver de la víctima.

Los agentes estaban satisfechos. Mi conducta los había convencido. Por mi parte, estaba perfectamente cómodo. Se sentaron en las sillas y respondí feliz a sus preguntas, intercaladas en su charla sobre asuntos triviales. Inesperadamente, sin embargo, me sentí palidecer y deseé que se fueran. Pero ellos seguían sentados en sus sillas, parloteando como si tal cosa mientras comenzaba a dolerme la cabeza y notaba un zumbido en los oídos, una resonancia que se iba haciendo notar, multiplicada por un eco cada vez más intenso. Hablé en voz alta y sin reparos, para intentar librarme de aquella molestia, pero siguió igual, un pálpito claro y marcado, hasta que al fin descubrí que aquella resonancia no estaba en mis oídos. Sin duda entonces me puse verdaderamente pálido, pero hablé con aun más soltura y alzando la voz. Impasible a mis afanes, el ruido iba en aumento. ¿Qué podía hacer yo? Era un repiqueteo sordo y veloz, como el de un reloj envuelto en algodón. Tomé aire, porque me parecía que me costaba respirar, pero los policías no parecían haber oído nada. Hablé más aprisa, con más vehemencia, mientras el ruido sonaba cada vez más alto. Me puse en pie y discutí sobre nimiedades a voces y con gestos exagerados; pero el ruido sonaba cada vez más alto. ¿Por qué no se habrían ido ya? Caminé de un lado a otro dando grandes zancadas, como furioso por los comentarios de los policías, pero el ruido sonaba cada vez más alto. ¡Santo Dios! ¿Qué podía hacer yo? Solté espumarajos, desatiné, maldije. Agarré la silla en la que había estado sentado y la arrastré sobre las tablas del suelo, pero el ruido ahogaba todas las voces y cada vez sonaba más alto. ¡Más, más y más alto! Los hombres seguían con su plácida charla y sonreían como si tal cosa. ¿Era posible que no hubieran oído nada? ¡Dios Todopoderoso! ¡No, no! Por supuesto que lo oían y que sospechaban de mí. Lo sabían todo y se estaban burlando de mi espanto. Fue lo que pensé entonces y es lo que pienso todavía. Pero cualquier cosa era mejor que aquella agonía. Cualquier cosa sería más tolerable que aquella burla. No podía seguir soportando aquellas sonrisas hipócritas. Tenía que decidirme: gritar o morir. Y el ruido no dejaba de sonar. ¡Oídlo! Cada vez más alto... ¡Más, más y más alto!

«¡Malvados! —chillé—. ¡Dejad ya de fingir! ¡Confieso que fui yo! ¡Levantad los tablones del suelo! Es aquí. Aquí... ¡donde suenan los atroces latidos de su corazón!»